問津文庫

津沽名家詩文叢刊第九種

主編 王振良

紫簫聲館詩存
丙寅天津竹枝詞

馮文洵 原著
楊鵬 整理

天津出版傳媒集團
天津古籍出版社

圖書在版編目(CIP)數據

紫簫聲館詩存 丙寅天津竹枝詞 / 馮文洵原著 ; 楊鵬整理. -- 天津 : 天津古籍出版社, 2017.12

(津沽名家詩文叢刊 / 王振良主編)

ISB N978-7-5528-0573-4

Ⅰ. ①紫… Ⅱ. ①馮… ②楊… Ⅲ. ①古典詩歌—詩集—中國—民國 Ⅳ. ①I226

中國版本圖書館 CIP 數據核字(2017)第 273558 號

紫簫聲館詩存　丙寅天津竹枝詞

馮文洵原著　楊鵬整理

出版人/ 張瑋

*

天津古籍出版社出版

(天津市西康路 35 號　郵政編碼:300051)

http:// www.tjabc.net

天津市天辦行通數碼印刷有限公司印刷

全國新華書店發行

開本 880×1230 毫米　1/32　印張 10　字數 87 千字

2018 年 1 月第 1 版　2018 年 1 月第 1 次印刷

ISB N978-7-5528-0573-4

定　價: 88.00 圓

津沽名家詩文叢刊總序

李劍國

國人素重鄉邦文獻，方志多立《藝文志》，著録本地述作。至有薈萃前賢文集撰著者，郡邑叢書作焉。明人海鹽知縣樊維城纂輯《鹽邑志林》，開啓風氣，而清世、民國爲盛，若《畿輔叢書》《吴興叢書》《武林掌故叢編》《貴池先哲遺書》等，多達七八十種。郡邑書之纂，劉世珩《貴池先哲遺書序目》嘗云：「所以景仰前賢，嘉惠後學，乃士大夫鄉里所應爲之事也。」昔元代婺州蘭溪人吴師道編《敬鄉録》十四卷，録其鄉賢詩文。而民國永嘉黄群輯鄉賢著作，亦以《敬鄉樓叢書》爲名。「敬鄉」者，本《詩經・小雅・小弁》：「維桑與梓，必恭敬止。」郡邑之編，皆以見本鄉人傑地靈、文物之盛，寄托桑梓之情也。

較之古邑名都，天津建邑未久，明永樂二年始置天津衛，於今方六百餘年。雍正三年升衛爲州，九年復升爲府，轄六縣一州。逮乎清季，直隸總督駐於津城，李鴻章、袁世凱相繼於此興辦洋務。光緒二十六年，天津陷於八國聯軍，淪爲列强租界。自此九河下梢之地，乃成百里洋場之都，天府津渡，工商重鎮，達官遺老蟻聚，騷人墨客麕集，物華之繁，超乎往昔矣。

《天津志略·文藝》云：「天津雖爲通都大埠，民風稍涉奢華，但澹泊致遠之士仍守本抱樸，鄙物質之享樂，而致力於藝術之陶冶，而度其『富貴如不可求，從吾所欲』之生活。以言著作，則歷代之文存詩稿，多如恒河沙數。……今日争以奢侈相炫，食多珍饈，衣錦晝行，惟三津尚發越前光，綿綿不墜，實晚近不數睹之邦矣。」津人藝文之作，《天津縣新志》著録明清二百七十七人、五百三十種。《天津志略》復益三十六人、七十二種。金大本《津人著述存目》乃增至四百人，著述近千。今人高洪鈞氏編著《天津藝文志》，又增入天津所轄郊縣鄉人著作，凡得著作千五百種左右，作者六百餘人。此中大部爲清世、民國人，三百年之文質彬彬，洵爲大觀也。

今存津人詩文别集，以康熙間刻龍震《玉紅草堂集》爲早，此後所存者甚衆，惜乎單部零種，未及彙編，管中一斑，難窺全豹。方今各地學人，頗重本土文獻之整理研究，地方出版社亦引爲己任。吾津文事繁充，撰作衆多，自應不愧前賢，免落後塵。所幸者，王振良君與問津書院同儕，正着手編輯《津沽名家詩文叢刊》，搜集整理王煐、查爲仁、梅成棟、楊光儀、嚴修、王守恂、華世奎、章鈺、郭則澐、李金藻、蘇星橋、陳誦洛等津人詩文集，將陸續出版，以彰顯津門藝文之盛。振良本吉林人，受業於南開，從事於報社。久居津城，認作故鄉，舊事新聞，諳熟於心。與同氣編輯《天津記憶》《品報》《問津》，十數年孜孜矻矻，鍥而不捨，世所难能，其志可嘉。而津沽名家詩文之刊，尤爲盛舉，誠儒林雅事，津門之幸也。

余生山右，讀書教學於南開已四十餘年，然居於斯而昧於斯，話及津事，每茫茫然。幸振良常臨陋室，聆其高論，閲其文編，津門數百年之事，遂知一二。前時振良索序，以弁叢刊之首。今稽考文獻，粗陳陋見，庶免「夏蟲語冰」之譏爾。

甲午歲清明後一日草於釣雪齋

（李劍國，南開大學文學院教授、博士生導師）

整理前言

馮文洵（一八八〇—一九三三），字問田，清末民初天津著名詩人，城南詩社成員。馮文洵留下的著作有《紫簫聲館詩存》《海倫雜咏》《丙寅天津竹枝詞》等。

一、馮文洵的生平、交游及詩作

關於馮文洵的早年身世，《紫簫聲館詩存》有《洵四齡時先慈八月十一日見背今將四十年矣先王母又於庚子閏八月十一日棄養每逢日忌爲之泫然》一詩，可知其情。據劉尚恒先生《津門世家族譜十日談》一文考證，其家族爲正德年間自南東安遷來天津的亦政堂馮氏，世代以經營鹽業爲主。

馮文洵早年卒業於北京警官學校，後宦游巴、蜀等地，曾在成都從事警務工作，據其詩可知是在清光緒三十四年（一九〇八）後。《江輪上作》《川江偶占》《白帝城》等作品作於此時。馮文洵年近三十才入宦海，彼時的作品之中偶有「自傷」之歎。

《自傷寄祖少臣》中即感嘆道：「先我著鞭思祖逖，爲人持節嘆馮唐。沉淪詩酒終無用，老大頭顱只自傷。擊楫有心誰逐鹿，補牢非晚已亡羊。年華彈指將三十，纔上人間傀儡場。」在蜀地的幾年間，馮文洵的作品主要以咏古迹名勝和抒思鄉之情爲主，詩風沉穩簡質。

離開蜀地後，馮文洵前往東北任職。初赴龍江時間，據《歸里偶成》詩注云：「甲寅正月初四日赴龍江。」是在一九一四年初。後馮曾爲當時警察廳所辦的《警察白話日報》任編輯校對事務。一九一四年三月二十一日《黑龍江省行政公署爲准〈警察白話日報〉改期出版給警察廳的指令》所附清單記載，馮文洵任該報編輯兼校對工作。[一]《警察白話日報》以「爲輔助警察進行啓導人民法律智識」爲目的，由黑龍江省警察廳於一九一四年二月發起創辦的。該報内容上分爲十四類，包括：命令、專電、論説、總務科記事、司法科記事、行政科記事、衛生科記事、偵探記事、違警律解釋、警務擇要、偵探小説、雜俎、游戲、文苑。

該報職員均爲義務職，原擬設編輯及校對五人，最終擔任編輯的有支可宗、馬維垣、孫述三人，馮文洵則爲編輯兼校對。其中支可宗爲一九一二年創辦於上海的

[一] 黑龍江省檔案館編《黑龍江報刊》，黑龍江省檔案館，一九八五年。

共和黨的北京本部特派員，并於一九一三年年末奉命組建奉天分部，亦爲奉天實業織衹公司招股發起人之一。馬維垣爲遼寧省開原縣人，文庠生，原爲黑龍江省按學部通令「每府設中等實業學堂一所」的要求建立的南路初等農業學堂農業教員，《開原縣志》有載，林傳甲輯《龍江詩選》收有其《步范紹先登高韵》詩。

是年，泰來鎮設社治局，以馮文洵爲社治員。[一]一九一七年一月至次年初任泰來縣知事，七年至十年任海倫縣知事。一九二二年一月十七日的《大總統令》中嘉獎其「幹練有爲，才堪治劇」。[二]《詩存》中的長詩《龍挂行》即作於此時。

初到海倫這一階段，馮文洵的詩風發生了首次轉變，邊疆生活使其詩作頓增滄桑之感。「林外鳩呼雨，池邊馬飲泉。西風纔幾日，塞上已蕭然。」（《晚涼》）這樣的畫面成了馮文洵詩作中的常客。

卸任後馮文洵返回天津，《歸里偶成》注所云：「今年（一九二三）正月初三旋里。」即是此時。對於南北兩次宦游經歷，馮文洵稱其爲「蜀國餘生經百劫，龍沙薄宦又三遷」（《重午用前韵再題》）。

[一]單致國《泰來縣沿革拾遺》，《泰來文史資料》第二輯，一九八六年，第八一頁。
[二]中國第二歷史檔案館整理編輯《政府公报》第一二〇冊，上海書店，第三八九頁。

在津期間，馮文洵多次參加了城南詩社組織的社集活動。社中唱和最多的則當屬嚴修（範孫）、嚴侗（臺孫）、陳中嶽（誦洛）、趙元禮（幼梅）、李金藻（琴湘）、王守恂（仁安）、吴壽賢（子通）、楊贊賢（襄如）、劉庚垚（雲蓀）、徐世光（友梅）、李國瑜（寱庵）等人。關於歷次社集的情況，張元卿先生的《陳誦洛年譜》中做了細緻的編排記録，與本集可相合按。

從《詩存》中收録的社集諸作看，此一階段，馮文洵的詩風發生了第三次轉變，如果説西南與東北的兩次宦游諸作傾向於抒寫胸臆爲主的粗獷的邊塞詩，加入城南詩社後，馮文洵則創作了大量唱和詩，多賦寫時節景物等題材，雖爲詩益工，然氣象開闊，絲毫不拘小物。其間偶有感舊傷情之作，亦真情畢現，不掩豪情。

馮文洵時時關注民生疾苦，如《賣菜者》《水質惡劣邑人多患大骨節者》等詩作即是其反映。城南詩社時期的這批作品較完整地反映了馮文洵向嚴修、張同書等前輩請益詩法、與同輩友人題唱吟咏的文學生活及其心懷民衆、欲爲政救民的理想抱負。

至一九二五年年初，馮文洵赴任滿城，任科長職務，馮自稱是「風狂何事偏吹水，泉濁居然又出山」（《偶成》）。《出宰滿城意箴臺孫仁安壽漳緯齋霽白子通雲蓀寱庵諸社長召飲贈言即席賦謝》《將之滿城石雪兄以春林雙燕見贈八疊雲蓀度歲原韵答謝》等唱和詩即作於此時。《和雲蓀度歲原韵》乃至《保定行宮十五疊前韵》，連和十五疊，直到已至滿城任上，仍酬唱連綿。

誰知滿城一任，上任不久即遭貶謫，其事今失考，僅見其詩《留贈滿城送別諸君》云：「無端謫玉川，見月五回圓。政簡堪藏拙，心平冀寡愆。是非付公論，留去信前緣。杯酒勞相送，臨岐倍赧然。」可窺一斑。卸任後馮文洵自滿城至保定，在古蓮池留下《蓮池》《蓮池書院中君子生長館品茶》諸作。

此後在津的三年，爲馮文洵與城南詩社諸子唱和的黄金期，乃至馮文洵遠赴黑龍江任職時，李金藻仍於重陽詩會前寄書召游，馮文洵亦「寫菊花一幅，綴以長句題寄」，其詩云：「千裏招邀珍舊約，一身漂泊愴離群。」其後書信唱和往來不斷。

一九二八年，馮文洵再次宦游龍江，所謂「戊辰春重游卜枯」，次年任黑龍江省政府秘書。再至邊塞時，馮文洵心境已大不同前。年近五十再次背井離鄉遠赴邊疆任職，同時，家中連遭變故，先是前一年（一九二七）九月，家鄉涿州被圍，其父於十月初去世，直至圍解後，才得以奔喪。來江三日後，幼子馮承杜亦夭折。父喪不能奔，子夭無以救，再回憶起次女承槃亦是七歲而夭，這給馮文洵帶來的極大地打擊。其友倪星垣在《聯語粹編》中記載了他爲父親寫的挽聯：「違晨昏才五日耳，涿郡遽陷重圍，乃至卅餘日，津門始驚傳噩耗，自恨侍奉湯藥未能，親視含殮未能，立即奔喪又未能，不孝之罪，擢發難數；痛行役在正月間，先靈尚稽殯穸，孰知閏二月，幼孫競追赴泉臺，況值時局變亂猶是，城市淒涼猶是，家室漂摇亦猶是，我父可作，傷心何如？」這一段日子，正是「抱恨終天泪似麻，痛心咫尺亦天涯」（《哭兒子承杜》）。

稍堪慰藉的是，還有友人可以往來詩書。此次二度宦游東北塞上時，馮文洵一邊「异地遥知知己念，隔年承寄寄懷詩」（《寄張玉裁津門》），仍舊與津門詩友書信唱和，同時還在齊齊哈爾與魏毓蘭在自家寓所倡建真率會，設集酬唱，後改擴爲奎社。魏毓蘭，字馨若，號唯園，又號木葉山人。徐鄉（今山東省黄縣）人。早年留學日本，回國後入山東師範學校，畢業後初事教育工作，後轉投新聞事業。在黑龍江時期，歷任《黑龍江時報》《黑龍江報》《愛國白話報》總編輯，一九三一年創辦黑龍江政聞通訊社。著有《木葉山館叢書》《黑水詩存》等，亦曾負責主持《黑龍江省志》撰修。魏毓蘭《問田招飲爲真率會分韵得比字》詩注即言：「卜枯真率會即奎社，倡者馮問田。」[二]《己巳古曆五月初三日在倉西公

[一]《黑水詩存》，《黑水叢書》，第一二八九頁。

園作真率會第九集分韵得上字》《六月初一日爲真率會第十一集適逢楊太真生日戲拈爲題分韵得涯字》《六月十五日真率會第十二集社題爲西泊泛舟予因事未至補賦呈政》《今年庚社同人魏馨若蔡清禪陶岫樵與余俱五十歲十月清禪以五十生日詩見示索和謹步原韵奉答兼懷岫樵并柬馨若暨同社諸子》均作於此時。奎社與龍城詩社、清明詩社等成爲當時黑龍江的重要文學團體，《黑龍江文學通史》稱之爲「新邊塞詩」。

二到邊塞，馮文洵在《再游龍江》詩中感慨道：「飢驅我又去龍沙，風雪長途百感加。兩度讁征哀墨經，十年陳迹愧烏紗。生逢憂患嗟無補，老背鄉關計總差。仍作天涯淪落客，馬前何日見桃花？」

「九一八」事變後，「四處夷歌起，連朝羽檄馳」（《夷歌》），馮文洵離開塞北，魏毓蘭作《送馮問田文洵南歸》集句贈之，其中「身多疾病思鄉里，欲作家書意萬重。白髮數莖歸未得，哀笳一曲戍煙中」一首，恐怕最是馮文洵的真實寫照。

回津後再次加入城南詩社的馮文洵，其詩作已極爲成熟，與前度唱和迥然不同的事，詩中皆是滿目蒼涼之感。《歸里雜詩》寫道：「鄉園西望泪潸潸，故我依然又入關。痛煞防邊諸義士，幾人衣得錦衣還？」「再度歸來恨已遲，紫荊花萎最高枝。傷心怕憶離家日，握手銜哀約後期。」

此後馮文洵又曾任河北省秘書處科長，一九三二年十一月六日任北運河河務局長職務，至一九三三年夏七月二十六日卒於北京任上。其時河北省政府建設廳令中有記載：「本局（北運河河務局）前任局長馮文洵自去年任職以來，對於河務進行不遺餘力，致身體勞瘁，纏綿日久，遂成肺病。本年春間復因籌劃春工，晝夜力疾，督飭員司工作，不得静養。且值時局緊急之際，軍隊又住局中，應付維艱，病日加劇，迫不得已，始請假延醫調治奈病勢已深，竟於七月二十六日病故平寓，身後極爲蕭條，至無以爲殮……」[一]

馮文洵一生因仕宦所累，幾度往返家鄉邊塞，其所作《籠鳥嘆》《籠鳥慰》二詩，正是其仕宦生涯的寫照。《籠鳥嘆》云：「敢妒鵬程九萬摶，鷦鷯猶借一枝安。欲飛不得蟲粘網，同病相憐獸在欄。身世有誰傷局促，羽毛終久任摧殘。當年枉詡凌雲概，已入樊籠出便難。」又作《籠鳥慰》云：「倦飛何處可身安，便覺雕笯天地寬。長價無殊賓入幕，驚人争似將登壇。敢云枳棘棲鸞鳳，莫向風塵刷羽翰。寄語枝頭舊朋友，朝朝記取避金丸。」

[一]《河北省政府建設廳訓令》第一四七二號（九月二十九日）。

然而，正是這些經歷造就了完全不同於初次酬唱於城南詩社的詩人馮文洵。《紫簫聲館詩存》最末一首的晚年詩作《寄示承棣天津》，可以説全面地概括了馮文洵的一生：「夢隨歸雁落津沽，策策西風下井梧。幕府光陰等閑度，詩壇消息奈何無。於菟在昔曾稱小，凡鳥而今不若雛。附驥城南斯願足，愧人錯以世家呼。」

二、馮文洵與《丙寅天津竹枝詞》

除了《紫簫聲館詩存》外，《丙寅天津竹枝詞》則是馮文洵最有影響力的一部作品。如果説《詩存》較完整地反映了作者自早年仕宦至晚歲歸鄉的人生旅程，也保留了大量的與嚴修、趙元禮等城南詩社諸人交游的史料，是認識晚清民國間天津詩壇面貌和城南詩社研究的重要史料的話，《丙寅天津竹枝詞》則是記録清末民國間，津門生活的一部生活史。

一生宦游南北的馮文洵，堪稱「浮沉宦海讀書人」（李金藻語），而其詩歌創作的特色主要體現在於邊塞與民俗兩端。他早年在海倫縣任上即頗關注民俗，《民事習慣調查報告録》中尚收有他撰寫的《海倫縣親屬繼承習慣》一篇，在海倫縣任新疆邊塞詩的代表作。其中詩作已爲黑龍江邊塞詩的代表作。

竹枝詞這一文學體式由來已久，雷夢水先生曾輯録《中華竹枝詞》一書，其中收入的天津題材的即有楊映昶的《津門竹枝詞》、崔旭的《念堂竹枝詞》、梅寶璐的《天津竹枝詞》、唐尊恒的《津門竹枝詞》、張弘弢《津門婚禮竹枝詞》和馮文洵的《丙寅天津竹枝詞》等不同時期的竹枝詞數種，各具特色。

《丙寅天津竹枝詞》，初刊載於《泰晤士報》上。《京津泰晤士報》創刊於清光緒二十年（一八九四），該報後由英籍華人主編熊少豪接辦，改爲中文版。據吴壽賢《序》：「民國丙寅，問田有《天津竹枝詞》之作，時余方主漢文《泰晤士報》筆政，引爲刊之附張。」《丙寅天津竹枝詞》一書於一九二六年另刊鉛印單行本，詩凡二百九十八首，每詩下附有詳細的注釋語。其詩涉及津門生活的方方面面，較全面地從各個角度反映了清末民初的津門歷史風貌的種種細節，「大如形勢之沿革、掌故之流傳，小如風俗之變遷」（郭心田《序》語）。對於天津地區民俗生活的記載頗爲詳細，多爲民俗、歷史研究者稱引、研究。

《丙寅天津竹枝詞》的寫作因由，馮文洵在自序中説道：「及甲辰丁未間，肆業津校，孜孜課程，殊鮮交際。此後奔走四方者垂十五年，其間惟壬子歲屢至津，至亦未遑久處。蓋故鄉幾如异鄉，鄉里習俗情狀殊茫然也。壬戌秋，攜眷來津，居既久，得與族黨姻婭，及邦人長者游。凡桑梓風土閭巷瑣屑，耳目所及，日有積累，閑居無事，因成竹枝詞若干章。」「鄉里習俗情狀殊茫然」固是謙詞，縱觀前叙馮文洵後半生的游宦歲月，「故鄉幾如异鄉」確可想見。

《丙寅天津竹枝詞》收詩二百九十八首，從内容上看，所咏之對象十分全面，涵蓋了諸如名勝古迹、年節習俗、特産、各色商業、園林、婚俗、喪俗、娱樂、宗教及民間信仰、戲曲曲藝等方面。

開篇中規中矩地從津門之建制沿革起筆，其後寫到鼓樓、租界、南開、廣開、西開、桃花寺、鈴鐺閣等名勝古迹，每處皆注解其地理位置、由來等情况，還簡要地附記了不少相關史事。

至於民俗方面，年俗固然是《竹枝詞》裏的重頭戲，從年前的置辦年貨，到除夕踏歲撒芝麻秸、除夕夜熬年，再到元日拜天后宫、初二祀財神、破五、上元燈會、十六走百病等等，這些年俗有些沿襲至今，有些則只留在史料記載之中。不過馮文洵倒是詼諧地寫道：「俗尚原無理可推，人情太半爲求財。」

直到今天，天津仍然是一個民俗味道極重的城市，幾百年來的民俗習慣仍然得以延續。而除去節日之外，日常生活中的民俗習慣，尤其體現在婚喪二端上。《丙寅天津竹枝詞》中對婚喪禮俗、妙峰山藥王廟朝拜、皇會都做了詳細的記録。婚俗方面所記載的，既述舊式迎親，也寫新式婚禮，各具特色。如上頭之禮，馮文洵寫道：「津俗迎娶時，備有公雞、凉席。新人上頭時，用凉席遮窗，打公雞使之鳴，取功名之意。新人上轎之先，梳洗冠帶必戴官簪子，謂之上頭。」與他地鄉俗迥异，别有特色。其中對於新婚夜新郎勿語這一舊俗的記載，也是令人讀來一笑。

飲食習俗是民俗中最爲豐富而重要的部分，特别是逢節日、節氣的應季食物，「尖團手擘滿油黄」的肥蟹、「汁能滋養勝牛乳」的豆漿、「爛熟香騰肉出鍋」的醬肉，樣樣都是讀之涎下。《竹枝詞》所載之著名飯館及點心茶食鋪，多延續至今，成爲廣受津門百姓喜愛的百年老店。

馮文洵還繪聲繪色地記載了很多日常生活的習慣，如民國時下飯館付小費的場景：「市肆聚飲，每於飯資之外，酌以酒資給堂倌，南方謂之堂彩，北方謂之小帳、小櫃或酒錢。座客出門時必高喊若干喝酒，櫃上、灶上各人必合聲道謝費心。」再如，「在本地館請客，除備整桌酒席外，凡五七人來飲，必備一桌碟子，人少則備半桌。堂倌於主賓點菜之外，又有許多敬菜，以敬主顧。至飯畢，有因互争東道，幾至用武者，亦有不論是否夙識，仍約明日原坐者。賭咒即發誓。」

這些習慣隨著餐飲形式的歷次變革，有的變成了新的形式，有的則不復存在。傳統即是這樣在不斷的繼承和改變中伴隨著人們的生活、適應著人們的生活而發展著。對於當時特定時代下的早期民間慈善事業組織，如八善堂、老人會、救濟會等，《竹枝詞》中也各有詩咏之。其中的八善堂，據章用秀先生的《八善堂始末》一文記載，爲以下八家：

體仁南善社，在老城里大費家胡同南頭的水月庵，以辦恤嫠會爲主，按月發給生活無著的守節孀婦救濟金，施放成藥，冬季發放棉衣，并辦理臨時性急賑。

引善社，該社在城内府署大街。清光緒十六年由鄉紳劉渭川、張純甫等創辦。該社主要辦理冬賑、恤嫠等善舉，并開辦義振小學。

備濟社，該社在河東糧店街。清光緒二年由鄉紳李世珍創辦，主管人趙元禮。該社主要辦理冬賑、恤嫠、濟貧等善舉，并附設平民診所，爲兒童種牛痘。

濟生社，該社在東門内石橋胡同。清光緒十二年，由鄉紳李長清、顧文翰等創辦。該社主要辦理冬賑、施藥、恤嫠等善舉。

體仁廣生社，該社在北馬路北門東。創建於清光緒二十年，負責人汪春齋、張潤生等。該社主要辦理冬賑、濟貧、恤嫠、施藥等善舉。

公善社，該社在西頭永豐屯。附設於理教西老公所内，該社主要辦理施材善舉，每年施捨棺材多達五千餘具，并置有義地三處。

北善堂，該社在河北西窯窪大街，初名樂善社，後改名北善堂。負責人蔣潤軒、趙錦波。該堂主要辦理冬賑、施材、恤嫠等善舉。

崇善東社，該社在河北尚師父墳地。創建於一九一九年，負責人郭桐軒。主要辦理冬賑、施藥、濟貧、恤嫠等善舉。遇有被拐騙之婦孺則設法營救，資送回原籍。此外還開辦義務小學。[一]

今見的民國史料中還記載了這八家善堂協力合作辦賑之舉：「現以戰地各區人民逃難來津者絡繹不絕，宿天露臥慘不忍睹。敝會特召集八善堂聯合設立救濟戰地

[一]章用秀《八善堂始末》，《慈善》二〇一一年第六期，第五十四頁。

灾民善會一處，地址暫假南善堂爲臨時辦公處，業於本月十四日開始成立。除轉請警察廳轉呈督辦立案外，如貴處遇有灾民逃難者，務希示知敝會，以便安插。」[一]老人會則可以説是養老制度的雛型。《竹枝詞》中還記載了書畫慈善會、義務戲等具有養老性質的慈善義舉。八善堂與老人會都成爲了民國時期慈善事業與慈善團體的典型案例。

文化教育方面，《竹枝詞》中對於津門教育機構，既記載了舊式書院，也記載了新式的大學。其中書院記録了問津書院、三取書院、輔仁書院、會文書院幾家。問津書院的來由，盧見曾《問津書院碑記》云：「通都大邑，往往設有書院，士習蒸蒸進而益上。天津以百川朝宗之地，而爲京師左輔，顧闕焉未興，餘竊病之。前太平府通判查君爲義告余曰：『家有廢宅，在運署之西南隅，其地高阜而面陽，形家以爲利建學，盍筮之？』筮從，白之總督方公觀承、署鹽院高公恒，均報可。爰庀材鳩工，位其中爲講堂，堂三間，前爲門，後爲山長書室；而環之以學舍，凡六十有四間。計費白金二千四百有奇。經始於乾隆十六年辛未八月，落成於十七年

[一]《天津八善堂臨時救濟戰地灾民善會爲逃難灾民安插事致津商會函》，天津市檔案館編《北洋軍閥天津檔案史料選編》，天津古籍出版社一九九〇年版，第二六九頁。

壬申二月。」[一]輔仁書院「在城西北文昌宫旁。舊爲海潮庵，道光七年，縣人侯肇安等捐建，天津道金洙撥款生息，知府陳彬、知縣沈蓮生捐資置地，收租爲歲用費」。[二]金洙《輔仁書院碑記》記載頗詳。會文書院「在城東門内倉廒前。同治十三年，監運使祝塏、知府馬繩武、縣人婁舉信等建」。[三]馬繩武《建立會文書院碑記》有載。

天津作爲北方曲藝的重鎮，而《竹枝詞》中所寫到的相聲、單絃、蓮花落等曲藝形式，更是影響深遠，流派繁多。《竹枝詞》對石玉昆的子弟書，德壽山的單弦、八角鼓，玉二福、閻德山等等各專有題咏并加注釋解説。例如相聲「八德」之一的「萬人迷」李德錫，本詩注中的大段記載便極爲珍貴，是對於早期相聲史研究的重要補充。鼓曲則記載了胡十、宋五二位老輩藝人，都是藝術精湛，又富於創新的藝術家。此外，還極爲詳細地記載了笑然居士常鶴亭單弦拉戲的種種細節：「近來單絃拉戲者亦不乏人，惟笑然居士則與他有别。其樂器製似胡琴，中僅一弦，右手持一竹箸以按宫商，左手用竹弓張馬尾拉之以發聲，能學皮簧各劇，無不畢肖。所有戲中鼓

[一]《光緒重修天津府志》卷三十五。
[二]《光緒重修天津府志》卷三十五。
[三]《光緒重修天津府志》卷三十五。

板、月琴、鑼鼓、喇叭各音亦無不備，合目聽之，如身坐舞臺前也。笑然并工揪戲，用長方式木板，一長約二尺餘，中一洞，蒙以蛇皮，上安一絃，無柱，右手揪之，左手拉之，亦成音調，惟不常奏。」其記載之詳，使演出之狀貌躍然紙上。

隨著時間的變遷，不復存在的不僅僅是民俗，隨著彼時的生活一起消亡的，還有彼時的景色。舊日勝景中的一觴一咏，其事其景如今都湮没在史籍之中，水西莊即是其一。「繡野簃荒草不芟，堂空新燕自呢喃。臺前多少船來往，寂寞無人更數帆。」（注：水西莊在城西三里，爲查氏别墅，内有繡野簃、數帆臺諸勝。）「水西又宴鬪尖叉，遺迹令人空嘆嗟。幸有城南詩社在，流風餘韵繼梅花。」（注：城西水西莊爲清初查蓮坡讌集之所。道光年間，梅樹君又立梅花詩社於水西莊。）水西莊中的唱和詩作，今日尚能讀到，却再也無法親臨其境地感受了。

然而馮文洵終究是久鎮邊塞之人，竹枝詞中每每牽涉軍政時局，便慨嘆倍加。如對於物價上漲、糧荒煤荒的叙寫，也都深刻地揭示了民衆的疾苦。浮沉宦海的詩人性情，便顯露無遺。

馮文洵《丙寅天津竹枝詞》因已收入雷夢水編輯之《中華竹枝詞》一書中，故多見徵引、使用。而其兄馮文澍爲其所刊行的《紫簫聲館詩存》已罕見於世，其名漸隱。現將兩書整理重刊，希望爲研究城南詩社、研究馮文洵其人其詩的學者以及關心津門文史的讀者帶來一些便利。筆者學識淺薄，多有舛漏錯訛，望讀者多多批評斧正。

楊鵬　二〇一七年九月

整理凡例

一、《紫簫聲館詩存》以馮文洵之兄馮文澍在一九三四年所印之活字本爲底本進行整理。另外，《黑水叢書》本中有部分括注形式的校勘。凡有所參考，均在校勘記中注明。《丙寅天津竹枝詞》據一九三四年鉛印本整理。

二、二書之末原本均附有校勘表，書内誤字旁亦有加蓋活字形式的修正，本次整理均據之徑改，不再另行出校。

三、《丙寅天津竹枝詞》各詩原無題目，今或以其所咏之物，或據其所記之事，擬題編製目録，以便讀者閲讀、翻檢。

目録

紫簫聲館詩存

題詞

題詩

丙寅天津竹枝詞

題詞

題詩

紫簫聲館詩存

辰芬篆刻

序

言爲心聲，而詩尤爲言之精者。閲人情，感世變，徵諸藴蓄，發爲咏歌，足以動人而厲俗者惟詩爲然。天地間之花鳥蟲魚，皆詩料也。山川林原，一丘一壑，皆詩境也。世運之污濁，國勢之凌夷，人情之變詐，風俗之淫靡，乃爲詩之骨幹。「葩經」三百，大抵皆憂思深遠，譏刺亂淫而作。阮步兵不遭司馬之陰很，陶靖節不當劉裕之篡竊，若空吟景物，安得情詞悱惻，主文譎諫，嗣響楚騷？浣花先生遭天寶之禍，亂臣賊子充溢中原，帝室皇居淪爲兔狐窟穴。荆棘塞途，棲身無所。遠君國，走异域，流離川楚，蒿目焦心。猿鳥助其悲吟，風鶴動其愁思。日月翳明，天地爲窄，感憤悶鬱，積而爲不平之鳴。假使際會昇平，賡歌揚拜，安得風雲動蕩，雄奇萬變，爲千百世之大宗師哉？即如玉溪生，當唐季之式微，知禍至之無日，寓言警世，格律乃高步拾遺。陸劍南目擊南宋之靡俗病民，和局誤國，萬感紛至，憂心如焚，形諸咏吟，充乎天地，動見其忠憤感激，一念不忘國難也。

馮君問田，少負雋才，嫻於詩歌。清季宦游巴蜀，巫山巫峽，氣象萬千。猿狖哀鳴，杜鵑啼血，觸目驚心，山川失色，路潮澎湃，人心沸騰。會遭鼎革，無枝可棲，乃下長江，走武漢，道豫西，歸冀北。壯志未償，難甘家食。東出榆關，北極荒塞。白山黑水，槖筆生涯。動爲貧仕，兩回沽上。國是日非，風俗日漓，民命更有甚於倒懸者矣。以君之懷才負异，當今之世，舉生民未有之大難巨患，奇形怪狀，皆耳聞而目睹之。蓄瑰偉於胸中，揮雲烟於紙上，夫豈偶然之吟風弄月者所可同日語哉？

君之詩晚年爲多，亦最工，都六百首，爲一卷。君與余爲莫逆交，間嘗聆其論詩有言「玉溪詩格遠追工部」「劍南乃心國事，情見乎詞」皆可奉爲圭臬。味君之言，按君之遭際，則斯編也，可以得其大凡矣。

中華民國二十三年一月樂壽孫蓉圖序

序

《詩》與《易》《書》《禮》《樂》《春秋》并列爲六經，庸止爲抒寫性情而已哉？蓋政治之良窳，風俗之貞淫，均於詩焉繫之。善言詩者，一吟嘯間，美刺褒貶寓焉；一扢揚間，興觀群怨見焉。古今之純儒、古今之循吏，即皆爲古今之詩人。殆以言者心之聲，詩之於言又其精者也。讀其人之詩，實不啻於聞其言、見其心，詩教之所以可貴也。若徒拘拘於批風抹月，鏤山琢水，聲病縱諧，亦雕蟲小技耳。烏足以登風雅之堂，而嚌其胾乎？

友人馮問田，政事中人，亦文學中人也。游川楚，游龍沙，游燕冀，歷匡大幕，宰巨邑。凡耳目之所接，心性之所觸，一寄於詩，早裒然成帙矣。其間如吊古諸作，咸能發前人所未發，如其地，如其人，如其事，俾閲者動望古遥集之思，此有益於政治者也。《天津竹枝詞》繪鄉曲若市廛之情狀，纖細靡遺，足供人之或法或戒，此有益於風俗者也。陳誦洛《今雨談屑》論馮問田詩「如成連海上，使人情移」，非誣也。

三十年前，江右毛實君先生开藩河朔，設儲才館，念幸側名，因得與涿州馮仲理交。仲理者，問田仲兄也。故與問田晤談伊始，相親若家人昆季然。一則以性情相投，再則以仲理爲之介也。憶當王孝帥長我省時，問田長省署第二科，念濫竽於省會議席。公暇輒促膝斗室，仰視天，俯畫地，縱談古若今。出笥所藏手所録者，統傾瀉以互相磋訂而恐或漏焉。自斯厥後，晤談偶間，皆關河遠隔時也，否則無三日不過從。彼此往還之緘札，唱和之韵語，積案頭者尺有咫，不複加珍襲，以爲良朋之手迹，來日方長，未有艾也。胡潞河一别，竟永訣耶？夫問田之齒未衰也，與念同歲生，特月日稍長耳，而竟未伸壯志以殁。念偷息於人世間，尚有幾何時耶？仲理將刊問田遺詩行世，囑贅數語於簡末。念何足與言詩，而惟深知問田，因取詩與政治、風俗有關聯之故，拉雜書之。讀問田詩者，知問田長於政治，有意借歌詞以改良風俗，問田自不朽矣。吟詩特餘事也，僅目問田曰今之詩人，寧足以罄問田之生平歟？

中華民國第一癸酉歲嘉平月朔後二日古紥縣張念祖詰簃甫謹序

題詞

紫簫聲館詩存題詞

瀛南蘇耀宗孟賓

齊天樂

黃鐘毀棄中聲歇，紛紛么弦側調。世豈無才，君真作者，重睹浣花神貌。纖塵净掃。向萬里秋空，獨抒懷抱。名重江關，青雲未暮共傾倒。　多憾長才未竟，有連枝玉友，收拾殘稿。務觀清音，玉溪麗什，當日幾經深造。津橋再到，悵燕冀騷壇，名流更少。把卷哀吟，悠然餘韻碧天杳。

紫簫聲館詩存題詞二首

顧隨羡季

青玉案

詩豪落落人中傑，向個裏言親切，壯志未酬誰與説？玉溪風格，劍南情緒，一瓣心香爇。　蒼天已醉山河裂，幾度才人費心血。讀罷新詩悲欲絶，三千里外，烏龍江上，一片荒寒月。

鷓鴣天

同是燕南趙北人，相逢一面亦前因。壯年豪氣凌江海，老去詩篇泣鬼神。消白日，上青雲，更無一字不清真。文章自是千秋業，肯與齊梁作後塵？

題詩

題問田遺稿 甲戌仲夏下澣

張同書玉裁

君詩丐我縱尋斧，不我遐棄皆前緣。一朝治河師賈讓，遂成永訣寧非天。君出領北運河務，同人餞之於城南，不意遂成永訣。

今讀君詩鬱萬悲，不得其人傳者誰？龍沙萬里魂歸後，想見蒼茫獨立時。

讀問田社長詩稿

李金藻敬題

論交三世我尤親，俊翁曾和拙作，見《城南詩選》。今讀遺編倍愴神。承杜未承繼承棣，公生子承杜，時同人以詩學傳家爲賀，乃未周歲而殤。今承嗣承棣。棣，同弟承杜也。箕裘弓冶總詩人。

又挽詩八首附録於後

浮沉宦海讀書人，幾度清風入幕賓。咫尺珂鄉榮作宰，河陽花縣滿城春。公兩居省幕，蹈海倫任後，一宰滿城。

邊城日落悵歸鄉，樽酒相逢兩鬢蒼。回首八年腸已斷，孤城烽火吊樓桑。涿城被圍，公阻津門，尊翁竟以驚悸逝世。

饑驅萬里硯田荒，手杖雖投臂已傷。地下相逢兒長大，七年一別泪雙行。公喪子後患臂痛，迄未愈。

風塵東北感支離，城郭人民事已非。老圃黄花三徑瘦，不堪又傍戰場肥。東北之變，公旋津。

十年前贈海倫詩，一識城南社集時。從此詩交加邃密，負心空讀《竹枝詞》。公撰《竹枝詞》三百首，囑删定，迄未報命。

惆悵梨花日暮雲，海棠花下幾論文。城南此去無消息，飯後鐘聲不忍聞。蟫香館梨花、擇廬海棠，每會必詩，惟南社詩鐘最盛。

早知平地有風波，子夜應歌無渡河。竊喜竹林甘蔗境，那知瓠子不成歌。公長河局，以兵亂離職。

龍沙作會愴離群，底得思將筆硯焚。一幅黃花詩亦讖，重陽如舊不逢君。公寄畫菊，

原題及和作多襄諷語，果詩讖也。

問田先生遺詩題詞

天津愚弟趙元禮

唱和城南社，君來四坐傾。一編富文史，三世重交情。辛苦室家累，嶙峋骨氣清。莫增薪盡感，遺墨比連城。

塞上思兒泪，津門求友聲。微官彭澤米，大集亞夫營。望治天方醉，煎愁病不情。春蠶絲盡否，披讀涕縱橫。

紫簫聲館詩存

車中口占 庚子赴汴過豐樂鎮

竟忍辭親作遠游，秋風日日動征騶。長途銷盡輪蹄鐵，難抵羈人一點愁。

龍亭

崔巍殿宇俯東京，此日登臨百感生。剩有兩灣秋水在，夕陽西下亂砧聲。

盧生祠

爲尋詩句拂灰塵，争羨盧生悟道真。但説浮生如夢耳，不知幾個已醒人。
説甚神仙説甚塵，真皆是幻幻皆真。世人都醒黄粱夢，無有邯鄲道上人。
勸君莫學出風塵，一枕成仙未必真。試看盧生酣睡處，至今仍是未醒人。
我今僕僕走風塵，翻笑盧生理未真。都向邯鄲來借枕，世間何必又生人！

步王蘊山韵

天心莫問果如何，鐵板銅琶且一歌。唱到當年亡國恨，醉中起舞劍先磨。

拜年 乙巳

紅雲片片遍春城，拜謁專誠并不誠。共賀千家新世界，可憐一紙薄人情。造門如訪戴安道，懷刺應羞彌正平。連日奔忙無限苦，傷心老大孰知名。

寄王蘊山 戊申春

朝烹雙鯉魚，夕奉數行書。衹以性成懶，遂教音久疏。欲詢驪唱日，當在絮飛初。上谷重相過，應停半日車。

江輪上作

都爲鄉心負此游，夢魂日日逐東流。連江夜雨添愁緒，一枕濤聲過岳州。

川江偶占

危灘水急勢如傾，任我扁舟一葉輕。最有者般遺恨事，萬山看盡不知名。

白帝城

兩山對峙鎖夔門，白帝城邊急瀨奔。國竟三分時已失，圖成八陣恨猶存。傷心漢室終無主，回首樓桑尚有村。縱得馨香垂萬世，誰曾招返使君魂？

蜀道

來游巴蜀地，天險古嘗云。鳥道時疑盡，猿聲不忍聞。山光經宿雨，樹影透斜曛。未覺登高處，低頭看白雲。

蜀道遇雨

蜀道夙云險，況教雨後行。心隨山忐忑，目眩路縱橫。石峭泥仍滑，橋危水漸平。愁中忽一快，深竹讀書聲。

過十二拐

小鳥鳴深澗，枯藤繞樹巔。停輿無一事，倚竹聽流泉。

自傷寄祖少臣

先我着鞭思祖逖，爲人持節嘆馮唐。沉淪詩酒終無用，老大頭顱祇自傷。擊楫有心誰逐鹿，補牢非晚已亡羊。年華彈指將三十，纔上人間傀儡場。

步祖少臣元韵

相逢到底皆成別，不若初無一面緣。地角天涯徒惹恨，傷心後會在何年？

江州夜發

夜半出渝城，依山不易行。遠村驚犬吠，古道聽蟲鳴。月落銀鈎暗，江流白練平。渝中人意倦，一夢曉風清。

讀桃花扇

南朝往事自嗟呀，圖畫天然濺白紗。安得美人頭上血，染成世界作桃花。
獨恨東林氣未伸，空傳宮扇血痕新。千秋名節留詞本，不拜書生拜美人。
愧煞紛紛諸巨公，江南半壁剩孤忠。閣臣老泪征袍濕，惟有桃花一樣紅。
哀艷歌詞唤國魂，不堪卒讀泪聲吞。年年流血成空説，那有冰紈幾點痕？
家國興亡一念中，權奸勢焰總成空。要知冷血能傳熱，須受桃花扇底風。

送李仲箎丈歸里

錦里同爲客，嘉州又送君。有家歸未得，此意向誰云？夢逐江干水，神馳塞上雲。請將故鄉事，書與遠人聞。

道中

長途曲折竹輿輕，行到荒村日已傾。插稻高歌農父樂，攀杯静話主人情。半窗山影詩添色，一枕江流夢有聲。買得歸帆趁新漲，塵囂洗盡覺心清。

籬菊四首 庚戌冬初在嘉州寄寓

品格本清高，落落合常寡。可憐托足時，竟寄人籬下。
凡卉爲儕伍，難免識者笑。誰知骨嶙嶙，獨與嚴霜傲。
朱門苦縛束，玉盆與珊几。何如籬邊生，隨意西風裏。
我欲攜鋤來，移根在岩谷。秋老無人知，庶幾能免俗。

思歸 辛亥三月

彈指三年矣，思鄉涕泪零。一官滄海粟，數口錦江萍。客髮愁中白，家山夢裏青。何時賦歸去，煮酒掩柴扃。

思親 辛亥秋八月

游子游天涯，二人思繫思。平日且如此，况值搶推時。游子何所念，亦惟嚴與慈。成都事變起，翩聯竹報馳。明知後患長，不敢盡其辭。亂事日益甚，大局岌岌危。又作書慰親，告親莫念兒。妻子皆無恙，兒亦眠食宜。冀可博歡心，開函顏自怡。今者患更近，如火之燃眉。冥鴻不可慕，家書付與誰？白雲時在望，無語但長嘻。燕蜀路迢遞，謡諑必支離。不曰玉石焚，則曰靡孑遺。我親聞及此，滔滔雙泪垂。即使前書至，亦是信參疑。更恐兒之心，或爲親所窺。愁腸日千轉，能不涕漣洏。幸有一幸事，破涕爲解頤。故鄉無鶴唳，安居樂含飴。兒雖困危城，不過獨傷悲。較之歲庚子，相去如分歧。自寬復自慰，哀喜不自持。但盼天心厭，定亂來王師。危者轉爲安，險者化爲夷。願擘萬花箋，願秃千毛錐。珍重付驛使，一一報親知。尤思整歸裝，飛帆渡巫夔。計日到里門，登堂聲嬉嬉。挑燈爲親説，蜀事如談奇。舌敝口流沫，忘却心神疲。積懷一傾吐，興致何淋漓！

落葉

白楊風雨正蕭蕭，萬籟奔騰地動摇。安得枯枝皆湛露，可憐敗葉似驚潮。猿啼歷亂崖千丈，鴉點飄零水一條。寄語山家快收拾，歌聲四起有歸樵。

由嘉州歸里登舟未發夜中口占

一葉輕舟數口容，劍南三載感萍踪。思家怕聽江城笛，隔岸頻驚野寺鐘。雲影斷山分翠黛，波光摇月走金龍。而今始作歸來賦，轉覺鄉愁萬倍濃。

舟中雜作

飄飄漢幟揚，雲水共天光。一白渾無際，歸途路渺茫。

同是客中客，又勞君送行。蜀山千萬仞，高不及雲情。自犍至渝，幾罹虎口，賴有滇軍隨行幸免。

蜀水可憐碧，蜀山無味青。名區人不到，山水亦飄零。

連日泊瀘州，風濤阻下游。故園音邈邈，長夜夢悠悠。行止皆無定，合江尚有餘匪，故不敢開行。悲歡不自由。天荆復地棘，何以解羈愁？

晚泊燈光燦，船居似比鄰。岸頭人立語，不識亦相親。

風送水流急，兩傍山倒行。棹人歌斷續，聽不到猿聲。

峭石立中流，孤亭峰上頭。迷茫小南海，風雨渡輕舟。

烟水浮空日影寒，樂温山下看奔湍。舟人摇手戒勿語，摇指前途又一灘。長壽城東不語灘。

誰與争形勝，山河礪帶盟。聚來九州鐵，不彀鑄瀘城。時川南政府尚未取消。

銅柱今安在，征蠻憶昔時。男兒如遂願，重拜伏波祠。涪州。

江闊月輪孤，寒烟鎖翠蕪。不知妃子國，仍有荔支無？涪州。

指點塗山隔野烟，禹王祠樹碧參天。渡頭無限夕陽好，幾隊行人争上船。塗山在重慶朝天門之南隔河。

争道周溪水，金釵影一雙。今人皆病渴，何處借西江？江津。

江城月冷角聲哀，萬里從軍人未回。閨婦不知亡國慘，夢魂常在望夫臺。忠州對岸望夫臺。

早發船如箭，新灘雪浪狂。岸邊人彳亍，踏破五更霜。新灘又名興隆灘，雲陽上游四十里。

一櫂過雲安，驚心破石灘。前村新釀熟，莫畏曉風寒。東陽名破石灘，巴鄉村人善釀。

萬古山河一局棋，二仙何事决雄雌。世間幾次滄桑變，祇恨旁觀總不知。

仙人猶角勝，世事更如棋。翻覆無終局，旁觀亦太癡。酆都二仙山。

屈原塔矗白雲高，來往行人引領勞。惟有孤忠心不死，江聲嗚咽賦《離騷》。忠州。

三載嗟淪落，天涯我賦歸。荒祠依疊嶂，古驛映斜暉。有客攀苔磴，無僧鎖竹扉。青衫知己泪，不識爲誰揮。忠州訪白香山祠，造門而返。

削石水痕瘦，插天峰勢尖。胡灘人迹少，林際轉歸帆。胡灘在萬縣上三十里。

櫓聲早發浪生花，夢醒南柯感歲華。愧我歸來無别物，一船風月載還家。早發。

蜀山啼遍月三更，游子思家泪有聲。血已染成紅世界，何亭不可杜鵑名。雲陽杜鵑亭。

飛鳳山前望，巍巍武烈祠。即桓侯廟。畫樓收積靄，碧瓦漾清漪。鳥語風相送，猿啼雲自移。故鄉涿爲桓侯故里無恙否，客思有誰知。雲陽對岸。

船到江邊石作梯，驚飛白鷺各東西。幾多浣女來呼渡，道是儂家在葶溪。

雄壯讓夔門，青青餘草痕。石名小灩澦，羅列似兒孫。在巫峽內。

瓦屋青青堊粉墻，兩山環合湛清光。甘泉一路知多少，不及香溪溪水香。香溪即明妃村。

岩壑天然界，荆巫畛域分。遠峰明積雪，孤樹俯層雲。古國辭巴子，荒祠吊楚君。情懷因境异，小草亦欣欣。相傳此地之草，在川界者向川，在楚界者向楚。

放棹〔一〕瞿塘口，風回灩澦堆。游殘夔子國，望斷楚王臺。老狖攀山下，飢鷹掠水來。雙峰天一綫，疑是翠屏開。

泛宅已三旬，飄然寄此身。愁中偏耐病，路上又驚春。十二月十九立春。風景悲詞客，年華祀竈神。故鄉何日到，屈指算頻頻。

巫山雲雨本荒唐，千古癡人枉斷腸。神女廟前濤怒吼，至今猶似怨襄王。

已過將軍下馬灘，金盔銀鎧氣森寒。傳聞十萬兵書在，誰到前途峽裏觀？將軍下馬灘、金盔銀鎧峽、兵書峽。

歸路過歸州，歸心似水流。風狂行不得，亂口暫維舟。阻風。

〔一〕棹，原误作「悼」。

冬夜不寐

寒宵酌玉缸，難把睡魔降。檐鐸和風語，樓鐘帶月撞。爐明紅入幕，燭滅白生窗。知有征人起，前村又吠尨。

癸丑十二月二十三日書懷

黃帝始作竈，後世奉爲神。今夕何夕兮，塗糟俗相因。嘆我數年來，東西南北人。憶昔之巴蜀，太歲在戊申。作客錦官城，寒廚甑生塵。己酉妻孥至，落葉添炊薪。驚心歲云暮，備嘗姜桂辛。庚戌客嘉州，聊將雞菽陳。辛亥重來游，有如車轍循。川路事變作，滿地皆荊榛。已矣歸去來，聯舟相避秦。一百十五日，泛宅幾沉淪。寒盡不知歲，君其問水濱。去年之今日，萍迹羈天津。今雖幸家居，命途悲逢屯。傷哉復傷哉，如轉風中輪。未卜到明年，吾身何處存？

醉漢

酒塲莫把豪情逞，爛醉酩酊智自惛。甘果清蔬皆錯雜，狂花病葉漸翩幡。百觚勸進誇遵孔，一石交歡鄙賜髡。對鏡窺顏霞散綺，脱巾揮汗雨傾盆。封侯甘在糟邱老，點將嚴於細柳屯。饒舌只因防越俎，凝眸又怕誑空樽。瀝餘必較仇成訟，拇戰常輸憤結怨。罰爾折腰爲鼠拜，憐他提耳作鯨吞。呼號争執壺觴亂，坐起紛嘩鼓吹喧。哇出猶矜齊仲子，强辭偏斅趙平原。呶呶阻令慚牛飲，悄悄逃禪作鹿奔。手屢擲杯難化鶴，指頻染鼎若嘗黿。每譏東道瓶之罄，盡吸西江案欲掀。午夢懵騰迷素性，辰餐擾攘到黄昏。忘形倒著烏皮履，遷怒常嗔犢鼻褌。倚甕酣睡羞畢卓，當筵起舞愧劉琨。樗蒱興動思呼雉，檀板情濃憶睡鴛。糾正敢勞觥録事，扶持全仗黑崑崙。膽狂於虎天都小，氣吐如虹我獨尊。騎似乘船休落井，行將卧轍匪攀轅。口中國事兼家事，面上啼痕復笑痕。終席固邀明日局，歸途誤叩別人門。兒童路畔揶揄戲，妻妾庭前泣涕言。罵座慣攖生客怒，捶床驚斷阿侯魂。貪心未饜茶猶當，醒眼旁觀飯早噴。智伯頭顱時見誚，山濤度量豈同論。負荆請罪神雖沮，解醖開懷味尚存。沉湎恐辜良友誡，移居又入杏花村。

小飲用歸實送友南歸韵

聊將風月助清談，小飲何妨人兩三。蕉葉裁箋詩著色，菊花照席酒流甘。閑情雅慕陶元亮，險語休驚殷仲堪。如此良緣難再得，坐中賓主盡東南。

郊外

散步東郊外，秋高野氣嚴。城遥絶車馬，市小雜魚鹽。夕照銜旗角，游絲拂帽檐。搔頭無限意，信口短詩占。

將之泰來一猿即席贈詩謹步元韵奉酬

久話强於别後思，寸衷敢告故人知。適當榛莽荒蕪地，况值干戈擾攘時。此去慚無治安策，將來恐負贈行詩。指南仍是諸公責，莫使徘徊望路歧。

田家

矮屋頽垣白板扉，秋場登獲稻粱肥。天晴鴉雀寒猶噪，路熟牛羊晚自歸。半歲勤勞聊息力，一家温飽即忘機。躬耕真有無窮樂，回首方知薄宦非。

晚步 丁巳立秋

瑟瑟晚涼天，徜徉意適然。斷虹插雲際，歸馬嘯風前。此地驚鼙鼓，何時化管弦。寸心無所祝，秋獲補災年。蒼狗驚時變，紅羊嘆劫灰。籌邊應有策，濟世愧無才。落日荒城寂，西風畫角哀。雨餘涼意重，知是送秋來。

静坐 己未夏

赤日爍槐庭，幽窗午夢醒。苦吟同入定，危坐自忘形。床可水紋簟，門當山字屏。無風群籟寂，惟聽漏東丁。

題藍田叔蜀山雪旅圖

蜀道難行旅客愁，尋詩驢背亦風流。紆回路轉通雲棧，隱約烟銷見戍樓。幾世珍藏留片羽，十年浪迹悔前游。鬢毛已染邊城雪，莫笑青山盡白頭。

立秋夜坐

信是新秋到，單衣入夜凉。露深蟲語潤，風定草根香。論畫皆仙境，觀棋作戰場。悠悠十年事，一枕付黄粱。

晚凉

了却公家事，詩情在眼前。午餐食牢九，晚步看鞦韆。林外鳩呼雨，池邊馬飲泉。西風纔幾日，塞上已蕭然。

讀胡大川幻想詩再續四首

星雲燦爛照乾坤，四萬萬人齒德尊。盡使有情成眷屬，更教無嗣見兒孫。一夫獲所天君泰，百代同居風俗敦。遍地皆爲安樂土，何須世外覓桃源。

一片謳歌樂歲聲，五風十雨泰階平。耕田鑿井帝何力，剖斗折衡民不争。囹圄常空誰觸法，欃槍盡掃總休兵。熙熙皞皞無爲治，烏托邦中任我行。

莫道滄桑幾度經，而今唤得睡獅醒。神州不再遭洪水，大地何能遇彗星。南北一家無隔閡，東西各國盡來庭。全球牛耳歸吾手，史册昭垂萬古青。

足迹經過遍五洲，升天入地任遨游。朝乘最速飛行艇，夕放極高輕氣球。俯瞰雪山成土壤，遠看洋海作渠流。更思盡興凌風去，八大行星繞一周。

庚申夏與燕庭雲浦我山諸同學在海倫拍影

异地相逢一笑耳，悠悠不覺十餘年。津門舊雨多離索，奎嶺浮雲幾變遷。莫嘆駒光如過客，且留鴻爪志良緣。人生聚散原無定，其奈霜痕上鬢邊。

重午用前韵再題

一回相見一回老，同學當時盡少年。蜀國餘生經百劫，龍沙薄宦又三遷。傾懷如説短長夢，聚首俱關深淺緣。滿酌蒲觴拼共醉，幾人足迹到窮邊。

自悔 庚申四月

自悔居恒少讀書，與人接物每迂疏。干戈滿眼如棋劫，壘塊填胸仗酒除。遭際只堪三太息，思量不值一軒渠。茫茫四海方多事，準備歸耕賦遂初。

病作　庚申五月

蕭瑟邊城五月天，連朝尚著一重棉。病中謝客人疑傲，醉後論詩自號顛。願熄烟氛歌樂土，幸逢霖雨卜豐年。時艱如此嗟無補，辜負光陰愧俸錢。

龍挂行　庚申六月十九日午後，海倫見龍挂於南郊，繼雨雹歷一小時始息，志以長句，得三十六韵

紀元九載歲在庚，黑龍江上旱象呈。海倫雨暘慶時若，禾麥欣欣皆向榮。太人已占魚入夢，年豐預卜倉箱盈。月逢癸未日癸巳，陰雲旁午油然生。車輪動摇炫五色，中有兩條白練明。西南黑烟忽騰上，白練下垂如相迎。凜若鬼神塞天地，雲罅只見群龍争。龍何見尾不見首，鱗東爪西重復横。一龍蜿蜒起大陸，一龍夭矯凌太清。矗立疑是颶風作，伸長猶見微烟縈。駕橋萬丈飛玉虹，吸川千里奔長鯨。頃刻變化有千萬，奇形詭狀莫與京。百歲老人見未見，引領跂足目爲瞠。壯哉風雲起西北，電火燭射雷訇訇。轉盼群龍盡飛去，不知何人爲點睛。長空黯黮雨又至，始則鏃集繼盆傾。純陽用事正苦熱，伏陰相搏冰雹成。并非雨珠及雨玉，如珠錯落玉琮琤。

有時辟歷如爆竹，又如棋子敲丁丁。小者如芡大如卵，紋如車渠光如晶。時閱片刻益增劇，乾坤震撼萬籟鳴。階前雪白厚盈尺，水塞不流溝洫平。瓦龍飄斷鱗盡碎，茅龍倒捲衣爲更。林木蕭疏積敗葉，花枝狼藉餘枯莖。寒威逼人氣凄慘，老壯變色婦孺驚。龍兮龍兮四靈長，人呼爾爲神靈精。上帝既命伏龍起，作此惡劇何無情。敗吾禾稼傷吾畜，烈於水火凶於兵。憶昔王崇能止雹，遐邇咸稱至孝誠。更思韓稜下邳令，境内無雹著循名。自慚措置多殊節，焚香默禱心怦怦。暝色漸開雹亦息，馳騎查勘灾重輕。周圍三里五里耳，當其衝者隍與城。此本初料所不及，四野依舊騰歡聲。功歸太守不敢有，感格仍在蚩蚩氓。憂憂樂樂當與共，志喜聊爲龍挂行。

友人來書粘存成帙爲火焚之

珍重朋儕尺一書，愛同拱璧櫝藏諸。偶然檢閱如良晤，不任飄零慰索居。各處情通勞塞雁，片時殃及嘆池魚。思量猶勝浮沉去，幾縷雲烟入碧虚。

小園

雲薄透斜輝，園中蝶亂飛。驟寒憐菊瘦，足雨見菘肥。何事關榮辱，憑人説是非。今朝無客至，一枕掩荆扉。

焚香

斗室焚香坐，遲遲夜已深。不風猶作篆，無月漫張琴。剪燭添詩興，拈花見道心。掩關真自得，莫使俗塵侵。

秋熱

從來寒早數荒邊，七月晨興即著綿。不信秋風能再熱，居然赤日又行天。征夫且喜衣先到，宫女何愁扇見捐。烈烈炎威難久恃，世人襏襫亦堪憐。

洵四齡時先慈八月十一日見背今將四十年矣先王母又於庚子閏八月十一日棄養每逢日忌爲之泫然

兩度離鄉十五秋，年年霜露望松楸。早悲失恃恩難報，每讀陳情泪欲流。猶記黄楊當厄閏，誰云萱草可忘憂？父兄今日營家祭，應説游人尚遠游。

銀河

世界無非衣食住，刹那即有去來今。粱猶未熟忽然醒，藥便長生何處尋。宦海升沉逐潮汐，人情冷暖等晴陰。誰能挽取銀河水，盡洗滄桑劫後心。

賣菜者二首

入城賣菜一村翁，短褐斜披首似蓬。日日通衢兼曲巷，年年春韭與秋菘。閉門誰識英雄老，乞市無殊壯士窮。此種生涯休自薄，本來蔬水是家風。

市散歸來趁午晴，逢人輒自訴平生。只憐駒隙光虛度，豈爲蠅頭利必争？食力敢辭雙鬢白，息勞始見一肩赬。弦歌醉舞誰家院，聽否郊原鼛鼓聲！

水質惡劣邑人多患大骨節者

蹩躠旋行三尺軀，邊城又見古侏儒。支天且喜輸長漢，任土常憂貢矮奴。水井已穿人事了，金丹欲換世間無。小民疾苦爲誰責，不見良田盡草蕪。

敬生來函以病軀新愈見慰奉寄二首

瘡痍滿目劫灰寒，補救無方合罷官。深悔折腰謀斗米，每思換骨得金丹。衣冠縛束情何苦，詩酒徜徉夢亦安。與子同心復同病，味如良藥臭如蘭。

雙鯉迢迢尺素傳，喻言實獲我心先。身閑始信忙多錯，病癒方知健是仙。自愧未栽花一縣，敢云已蓄艾三年。炎涼藥性今嘗遍，盍賦淵明歸去篇！

自嗤 辛酉十月晦得第三女

花開珠翠第三枝，元好問貽書第三女詩：「珠圍翠繞三花樹。」太息軒渠復自嗤。猶望生兒似豚犬，誰知入夢又虺蛇。覆詩休笑鄒光大，遣嫁嘗思吳隱之。人本同心亦同理，不櫛時謠妄說壯門楣。

記得前年弄瓦時，朋儕慰我尺書馳。既稱半子何悲喜，須識添丁有早遲。不櫛本來名進士，寧馨未必即佳兒。莫云天道無知也，仍是蒼蒼爲主持。

雨後 壬戌夏

一雨驅炎暑，初晴景倍姸。雲開明夕照，徑曲響流泉。芳草綠於洗，小花紅欲然。柴門聞蠟屐，客過晚凉天。

不倒翁

何物彭亨大腹翁，忽南忽北忽西東。性情無异風中草，身世應悲陌上蓬。起伏竟甘人播弄，周旋最數爾圓通。引將四坐歡聲沸，側弁峨峨醉靨紅。

壬戌重陽雅集分韵得口字

龍沙萬里行，彈指十年久。浩劫感赤羊，世變如蒼狗。驅車甫歸來，佳會逢重九。追隨杖履間，自愧瞠乎後。萬事付悠悠，且銜杯在口。

節署後園中獨步呈範老社長

此園未可著疏狂，緩步行來趁早凉。倚樹風吹衣袖薄，簪花露滴帽簷香。息游到處原隨意，開謝何人爲主張。但願天機常活潑，池魚檻鶴亦堪傷。

開。天然詩畫景，欲寫愧無才。

社集第一圖書館分韻得來字

四壁圖書富，登樓亦快哉。地宜塵不到，人爲雨遲來。高樹緑如洗，好花紅自開。天然詩畫景，欲寫愧無才。

癸亥端陽社集以五月榴花照眼明分韻得五字

去年入社九月九，今日聯吟五月五。三津家家蒲酒香，兒童各佩長生縷。城南雅集蝴蝶飛，外人應笑推敲苦。須知行樂且及時，莫管翻雲與覆雨。

是日以三春負鋤相遇五月披裘見尋分韻又得五字呈範老及同社諸君

城南有高樓，去天僅尺五。中藏圖與書，琳琅十萬部。樓前接芳園，樓下臨射圃。先生結詩社，群推風雅主。昨朝召我飲，摳衣來傴僂。少長咸集兹，對坐觴飛羽。贈答各有詞，一切掃陳腐。詩格何沉雄，大刀并闊斧。詩情何旎旖，細針兼密縷。時爲長短歌，直追古樂府。不待擊鉢催，筆花五色吐。往來飛蜀箋，繽紛落紅雨。六十有七章，作氣只一鼓。我乃没字碑，枯腸搜索苦。聯句慚續貂，和韻恐畫虎。退避三舍外，望塵難步武。今日何日兮，佳節值重午。又來作嘉會，蝴蝶飛栩栩。

主人嚴臺孫丈本好客，掃徑闢庭户。盈樽盡新醅，開筵無市脯。更有東方君，謂墨丈青高風揮玉麈。語妙解人頤，四坐笑欲舞。諸子興勃發，吟壇整旗鼓。角黍吊屈原，宫衣懷杜甫。山川供嘯傲，風月任攬取。峙壘戰方酣，豈徒餘勇賈。席上甫分韵，驅車過東浦。匆匆去即返，謝客門先杜。努力學爲詩，不簡亦不古。珠玉已在前，瓦礫何足數。百篇如闕一，或可以此補。

歸里偶成 癸亥正月

城郭仍依舊，人歸白髮新。故鄉本來好，佳節况逢春。不學羞從政，偷閑强慰親。勾留雖幾日，差勝走風塵。

天下正多事，滄桑幾變遷。歸從萬里外，去憶九年前。甲寅正月初四日赴龍江，今年正月初三旋里。逝者如彈指，勞人且息肩。家家新釀熟，恨與酒無緣。因病戒酒。

即席贈綏亭漢雲伯塤覲光毅夫庶侯諸君

萬里龍沙客，歸來正孟春。請看今日會，又幾少年人。交以知深重，情因别久親。相逢休説老，往事道津津。

壬戌秋洵歸自龍江適家俊甫伯在津時相歡聚趙甥錫齡爲洵繪耄耋圖家伯補畫洋蝴蝶菊名菊花一枝於圖右不意竟成絶筆矣悲賦長句志痛

學書學畫當年事，愧被呼爲千里駒。魁嶺遠游傷久别，津門再聚倍歡娱。別時十年。聯吟猶記重陽節，重九日，伯率洵至圖書館，始入城南詩社。絶筆惟存半幅圖。如果夢魂化蝴蝶，也應憶及小於菟。東坡寄猶子適詩：「夜來夢見小於菟。」

公園

本來世界號清凉，避暑翻成熱鬧場。花木扶疏護池館，魚龍曼衍聒笙簧。待將玉漏三更轉，贏得紅塵萬斛量。我愛柳橋風過處，憑欄領略芰荷香。

公園看電影兩首

園林日落亂鳴蟬，久坐迎風意適然。海市蜃樓真幻境，曇花泡影假姻緣。露華滿地衣嫌重，月魄當空扇不圓。免俗未能聊爾爾，高寒休説大羅天。

機輪旋轉快於風，萬丈長圖指顧中。石火電光原一現，鏡花水月擬同工。從來禍福形隨影，不論妍媸色即空。莫作尋常游戲看，玄微探索妙無窮。

盧子修詞丈與俊甫先伯相友善去年重九洵隨先伯至城南詩社始獲晤公今出新年嘉慶圖屬題勉成一律即乞教正 癸亥夏日

怕聽人前小阮呼，城南詩傑合推盧。籌邊功著三千里，隱市家移七二沽。半世優游忘魏晋，一庭康樂擬唐虞。重陽勝會休提起，恨未當時見此圖。

和雲蓀元韵兼呈誦洛

君詩有真味，如飲酒千樽。想見推敲苦，兼無斧鑿痕。匠心工似馬，叉手敏同温。更喜陳蕃在，深宵對榻論。

一雨送秋至，凉飔入酒樽。巴山縈舊夢，沽水漲新痕。燈瘦寒蛩急，香殊寶鴨温。西窗他日話，重與故人論。

誦洛用黄仲則晚凉韵奉和

瀟瀟三日雨，天氣便成秋。偶以詩傳意，慚無酒掃愁。志同强弩末，歌憶大刀頭。清興惟茶助，堪稱不夜侯。

一年容易過，沽上又逢秋。室小花憐病，階空雨滴愁。世間猶夢囈，天外欲昂頭。試看長安道，誰非關内侯？

再用仲則韵上幼梅丈

時人皆觸熱，名士最宜秋。文字原憎命，詩歌爲寄愁。鳴高誰洗耳，聞變幾搔頭。雅慕張公子，常輕萬户侯。

步雲蓀韵呈幼梅先生

君是吟壇老斲輪，自從相見即相親。工詩每擬陶元亮，豪飲如逢賀季真。筆底波瀾三峽水，樽前風月四時春。傷心莫話滄桑變，證果何堪再種因。

四叠仲則韵呈幼梅雲蓀誦洛

讀罷歐陽賦，蒼茫天地秋。孤燈摇斷夢，長笛倚清愁。往事風吹耳，何年石點頭。赤松如有約，辟穀學留侯。

五疊仲則韵

海内風塵黑，攘攘已數秋。但希天悔禍，難覓地埋愁。代謝似彈指，乘除無盡頭。京華新第宅，又易幾王侯。

六用仲則韵

詩酒生涯好，徜徉又一秋。及時縱行樂，無計可推愁。閲世誰青眼，催人有白頭。百年如過客，何事覓封侯。

三疊前韵

名山宏著作，惟有布衣尊。避地脱塵網，憂時餘泪痕。上書悲賈誼，遺臭鄙桓温。但問千秋業，窮通何足論。

與蘭坡兄雨窗談詩頗承指教四疊前韵奉贈

博雅高常侍，吾師一字尊。秋懷薄雲表，文思逐潮痕。與我金能斷，斯人玉比温。從今晨夕共，格律細評論。

七疊黄仲則韵并步雲蓀韵各一首呈範老

虚懷原若谷，清節更宜秋。開徑有三益，賦詩無四愁。騷壇執牛耳，名器視羊頭。先生詩有「極知名器無輕重，祇是何須及此人」之句。

吾邑嚴夫子，巍然北斗尊。門濃桃李蔭，階漬蘚苔痕。霽月三津朗，春風四座温。城南明日約，樽酒幸重論。

秀漳屢以詩鐘見示又用雲蓀韵以贈

自附詩壇末，惟君齒德尊。衙齋沉暝色，秋雨漲溪痕。仙句比梅瘦，童顔如玉温。鑒湖好風月，今夕可重論。

題謝受之先生金陵四十八景圖

王氣銷沉霸業衰，神州未復有餘悲。秦淮河水滔滔去，想見新亭泪灑時。

低回夕照烏衣巷，惆悵西風白下門。滿眼興亡無限恨，令人重憶謝公墩。

吴宫深鎖草萋萋，幾處紅橋轉緑堤。相對不堪思往事，幽花落盡鳥空啼。

樓臺多少迷烟雨，風景原來似畫圖。斜指杏花村外路，者邊可有酒家無？

何處風光勝六朝，聊將名迹付冰綃。未能遍寫佳山水，已倍揚州廿四橋。

霜落江南木葉黃，君家舊住水雲鄉。秋來可觸蒓鱸思，歸夢應知繞建康。

一片閑雲倦鳥還，津門高隱擬東山。莫嗟金粉飄零甚，此本常留人世間。

我曾城下暫維舟，未到湖山勝處游。今日披圖增眼福，況題詩句附名流。

癸亥中元嚴範老招游八里臺分韵得客字

生平靡所好，好游乃成癖。山居愛四時，觀水待潮汐。願登千仞岡，雲生雙不借。更欲乘長風，入海駛巨舶。樂此以終老，庶幾中心獲。何期素願違，俗事環相迫。昔之巴子國，足迹半梁益。僕僕風塵中，未嘗一暖席。詎無佳山水，好夢付官驛。再客訥尼江，荒寒接九貊。舉步凛冰雪，滿目遍沙磧。群盜多於毛，道途虞險厄。不但樂趣無，天跼地且蹐。兩地十五年，歸心與日積。彈有馮驩鋏，飛無王喬舄。兀坐每神馳，恨弗翅生腋。去秋還故鄉，鄉情嘆非昔。士習尚浮囂，黃金虛牝擲。哀此衆青年，欲從無所適。誰予挽狂瀾，中流屹柱石。吾邑嚴夫子，早入承明籍。珊網羅遺材，後進賴誘掖。懸車隱里門，幾番辭召辟。慨念斯文喪，起衰爲己責。卜地八里臺，經營避鹹潟。千萬以買鄰，百萬以買宅。溝渠事疏導，荆榛逐翦闢。

樓上無雕楹，樓下無玉碣。閎壯樸素兼，苦心勞擘畫。廣廈千間成，寒士手加額。蔚爲桃李陰，肆布詩書澤。豈惟三津人，高山仰宏碩。三津本大邑，商賈夙充斥。栖皇冠蓋忙，炎威手可炙。絲管日紛紛，少年競裙屐。困處樊籠中，莫刷凌風翮。惟有此臺古，去城僅咫尺。夫子召我游，晨興雨濛霢。雨止陰亦佳，不放朝曦赫。輕車出城南，有水環郊埸。行行過板橋，愈行境愈僻。耳目爲一新，直與塵寰隔。賓主十五人，相見笑啞啞。主人意何厚，長案陳肴核。餺飥騰异香，殺雞并切臘。酌酒白玉樽，波光泛琥珀。高談雄辯間，杯盤已狼藉。攜手上高樓，天低星可摘。出門臨溪流，游興轉益劇。秋水清且淺，野航小而窄。各容七八人，箕踞或岸幘。席上共分韵，一一花箋擘。詩鐘製尤巧，雙聯如合璧。連句句多佳，衝口奚待擇。倡和各抒懷，驚人案一拍。我誦嚴陵詩，二陸休稱伯。（指嚴範老及臺孫先生。）楊劉舊齊名，西昆爲創格。（楊襄如、劉雲蓀先生。）妙絶吴均體，（吴子通先生。）吐囑見肝膈。敏贍推季方，（陳誦洛先生。）元方獨脉脉。（陳一甫先生。）風流黎子雲，（黎雅齋先生。）歌聲如裂帛。孰爲詩中仙？長庚今又謫。（李寱庵先生。）二王詩天子，（王仁安、王緯齋先生。）出語抵千百。更有顧建康，（顧壽人先生。）感舊招吟魄。趙丙真宗師，詞壇精考核。攜將騏驥兒，頭角况龍脊。（趙幼梅先生及其子小樓。）洵也自向隅，枯腸苦搜索。韶濩正盈耳，而我徒咋唶。如蠅附驥尾，相隨步趨亦。詩成舟子傳，墨花飛絡繹。爰以語舟子，爾其緩撐刺。縱賞盡吾歡，寸分陰是惜。岸上有漁家，門懸青襏襫。豆棚俯蔬圃，牛欄面雞栅。蓮池南北分，今春苦旱厄。花少愈堪憐，菱芡無從摭。遠樹接菰蒲，水天一色碧。櫓聲雜人語，微波時㶉湱。江村犬驚吠，沙禽鳴格磔。路曲似回腸，風來無順逆。衝破一溪烟，暗涼透纖絡。飄飄欲登仙，渺不知所蹠。聞忽清磬音，悠然出林隙。停橈柳陰下，尋幽曳杖策。留青誰氏園，竹木張翠帟。海光有新寺，廟貌何奕奕。觀碑剔苔蘚，小憩倚孤柏。舊寺安在哉？森嚴列矛戟。因之感慨生，溯懷庚子役。敵人薄城下，王師咸辟易。吁嗟大將軍，於兹尸裹革。祠宇今尚存，寒雲護松祏。憐彼荷戈士，誰爲掩觜骼。值此中元節，飯無一盂麥。何如百姓家，灰飛蝴蝶白。徘徊已多時，不覺日將夕。駕舟薄言返，煩襟忽消釋。且漫痛前朝，亦莫吊幽穸。永祝新南開，千秋留勝迹。更期會中人，童顏駐霞赤。年年作此游，詩酒常悮懌。歸途好風送，舟過萍踪坼。餘興復不淺，錦囊箋又襞。回首遥相望，樓臺隔秋陌。疑是古金陵，寫入新畫册。觸景動蒓思，應有江南客。

和子通重九後三日蔚莪召飲原韵

前朝辜負重陽節，此日登臨幾處樓。不速客來開笑口，無題詩就豁吟眸。情傳緣綺濃於酒，影共黃花瘦到秋。廿載還鄉嗟已老，今人空憶少年游。

題畫

架有詩書酒滿尊，君家舊住水雲村。世間無與幽人事，爲看青山不出門。

同玉裁先生子通先生臺蓀丈游李公祠

二十年前幾度來，重來倍覺好懷開。柳陰深處安茶具，石磴高層作釣臺。風景依然猶似昔，滄桑歷盡未成灰。欲尋舊句無從得，四壁蒼凉半緑苔。

頻年浪迹感秋蓬，故里風光又不同。文字交從形迹外，園林好在夕陽中。花陰匝地鋪重錦，橋影摇波見斷虹。坐久四圍垂暝色，看人歸理釣魚筒。

散步

游子爲誰忙，經年返故鄉。可憐頭上月，偏照鬢邊霜。更鼓魚三曜，天涯雁兩行。上元好燈火，散步獨徜徉。

雲蓀以抱棺孝子行見示感而賦此

我讀抱棺孝子行，無限感慨因之生。恨未獲見孝子面，又恨不傳其姓名。君發長歌爲紀實，每欲續之難着筆。此事無人不驚奇，我亦驚奇心轉疑。今年各河水爲患，流匯紅橋急於箭。田廬物什付波臣，棺木浮沉日日見。日前偶過金鋼橋，一棺流下趁午潮。捲入漩渦亦何慘，板碎片片如萍飄。棺上況有人蜷伏，稍一輾轉輒傾覆。驚濤駭浪十里遥，幾何不葬江魚腹。或云鄉人救護時，浮棺無數隨波馳。長鈎巨索以從事，俱苦人力無所施。惟有此棺昜爲力，若有神靈呵護之。我甫聞言疑信半，繼復仰天一長嘆。始知凡事非偶然，死生之數操諸天。其他盡付東流去，孝子與棺獨兩全。益信大孝格上帝，不使相見及黄泉。如果當日同歸盡，天道無知胡太忍。抑使子在棺竟沉，母乃重違孝子心。更或棺存孝子死，孝子求仁得仁矣。但恐天下後世人，不復知有此孝子。孝子之名既弗詳，孝子之孝當宣揚。願被弦歌播金石，傳之海内扶綱常。嗚呼！綱常墮地棄如土，得此真是中流柱。挽兹頹俗返敦龐，孝子孝子足千古。

步胡秀漳元韵

與君同病自相憐，壓綫生涯又一年。過眼韶花真若水，回頭陳迹已如烟。乘除難盡無窮數，禍福翻成不結緣。悟徹人天皆是理，何須面壁學參禪。

再呈秀老

蕭齋相對莫相憐，興至還將學少年。幾樹梅花寫晴雪，一枝楖櫪踏溪烟。公家事了仍多暇，老友詩來亦夙緣。聞説江南好風景，可曾歸夢到東禪。

誦洛以懷人詩見示賦此以答

苦吟無語不驚人，鼙鼓聲中耳目新。別久愈難忘舊雨，曲高畢竟屬陽春。倉皇戎馬文章賤，破碎山河涕泪真。莫嘆城南太寥落，詩筒又見往來頻。

贈誦洛詩中有放翁坡老兩能兼之句愧而感賦

肩背安能望放翁，中原未定此心同。可憐無限傷時泪，都付書懷紀夢中。

才名玉局震當時，禍召烏臺一卷詩。蜩蛰滿林蛙滿沼，至今傳誦不勝悲。

卜居贈雨莊

卜居何幸接芳鄰，棲静尤宜遠市塵。三徑遥知黄菊瘦，兩家不隔緑陽春。歸遲路嘆關河阻，交久情逾骨肉親。二十年來飽憂患，相憐同是劫餘身。

壽仁安先生

嶽色共湖光，收來詩一囊。等身宏著作，隨遇卜行藏。白雪高難和，黄花晚更香。去年醉春酒，禮重杖於鄉。論戚屬中表，而吾師事之。壺觴共酬唱，杖履許追隨。每恨予生晚，翻憐相見遲。一言爲君壽，永保歲寒姿。

再答雨莊仍用前韵

天涯回首即比鄰，幾度滄桑話劫塵。往事去如花逐水，新愁生似草逢春。霜嚴畫角聲何壯，夜静青燈味可親。顧影自憐還自笑，吾儒真是拙謀身。

題雲蓀懷人詩

氣壓騷壇思不群，興酣落筆掃千軍。自從夢得題糕後，一代詩豪又屬君。

日前晤臺孫丈述範老詢近況感賦

閉門謝客已年餘，屢向君家問起居。高臥幸無塵俗擾，深情不計往來疏。香留老圃題黃菊，夢冷秋江墜粉蕖。十萬卷樓他日約，梨花樹下再停車。

和雲蓀度歲原韵

歸來久已宦情闌，又共梅花守歲寒。街柝聲聲催臘盡，爐烟縷縷當雲看。人間到處爭蠻觸，天上何時降角端。婦子不知家國事，夜深猶薦五辛盤。

再用前韵贈子通

罷讀《離騷》坐夜闌，青燈無語角聲寒。客邊歲月隨波去，劫後河山帶泪看。幾見功名雄一世，莫憑意氣逞三端。鄰雞報曉驚春到，聊饋新詩當菜盤。

三用前韵柬雲蓀子通

黯淡雲天雪意闌，一腔悲憤劍争寒。老來自許丹心在，世上憑他白眼看。似水年華嗟不返，如環報復總無端。與君怕説滄桑事，愁入回腸轉百盤。

上元四叠前均呈寱庵子通雲蓀誦洛諸君

樽酒常空意興闌，苦吟聊自遣春寒。冰心獨向壺中寄，霜鬢驚從鏡裏看。滿地瘡痍關刼數，何人談笑息兵端。良宵寂寞無燈火，悵望天街月似盤。

元夜有感五叠盤字韵

一輪月上宴將闌，瀲灧春風緑酒寒。隔院笙歌酣未歇，故鄉燈火好誰看。信天祇聽升沉數，浮海胥忘利害端。莫嘆人心如蜀道，青泥自古即盤盤。

戲擬無題詩代某君作六用盤字韵呈城南諸公

瑟瑟西風冷玉闌，畫樓深坐不勝寒。欲言鸚鵡防他解，罷繡鴛鴦任爾看。紈扇棄捐何太甚，香衾孤負豈無端。水晶簾下晨妝懶，鴉鬢蓬鬆髻未盤。

出宰滿城意箴臺孫仁安壽漳緯齋霽白子通雲蓀寱庵諸社長召飲贈言即席賦謝

小邑逼雄城，瘡痍况未平。但期鼙鼓息，遑問管弦聲。蓮社從君後，桃潭送我行。盡兹一杯酒，聊報故人情。

戲代某君七叠原韵

追憶良宵夢未闌，芙蓉帳暖不知寒。何當春草隨愁長，難得名花帶笑看。幾度奇緣逢意外，一腔離恨上眉端。通情知有靈犀在，珍重琅玕雙玉盤。

將之滿城石雪兄以春林雙燕圖見贈八叠雲蓀度歲原韵答謝

當筵驪唱酒將闌，燕語東風料峭寒。臨别重勞詩句贈，相期敢作畫圖看。桃潭不敵情千尺，柳綫仍牽思萬端。聞道抱陽好山色，遲君游騁盡杯盤。

再贈某君九用前韵

燒殘紅燭五更闌，不捲香帷怯曉寒。心事從違羞自説，眉痕深淺倩誰看？回文凄惋憐蘇蕙，佳遇荒唐笑謝端。願得護花鈴十萬，三春狂蝶大於盤。

津橋

枯藤倒曳欲何之？行過溪橋脚步遲。風剪春冰鳴碎玉，水摇夕照瀉殘脂。美人未覺香車暖，壯士寧知畫角悲？獨有客懷難遣得，别尋幽境立多時。

夏居

案牘勞形散晚衙，歸途緩步日西斜。未營新壘癡於燕，且愛吾廬小似蝸。紅墮瓶花黏硯水，緑分墻柳上窗紗。閑中到處成佳趣，回首功名念已差。

津橋晚眺

晚晴無個事，閑步過前川。北望將軍第，西來估客船。亂篙撑夕照，殘絮颺溪烟。嗟彼乘軒者，奔馳亦可憐。

早發 赴滿城

風塵僕僕一車輕，小路紆回不見城。惟有春山如舊識，倒垂螺髻笑相迎。

早起 接滿城篆，乙丑二月十二日

羊裘猶怯曉寒嬌，庭柳纔黄未放條。真個山城春事晚，不知今日是花朝。

報載誦洛詩步原韵

自從折柳唱陽關，抗走曾無半日閑。嗟我此行真入谷，傲君一著是看山。賣文翻覺黄金賤，説法誰憐白石頑。準備田園賦歸去，漫譏倦鳥不知還。

游保定公園十叠雲蓀盤字韵

一春游興未俱闌，吹面東風尚覺寒。笙管真如天半起，樓臺難得雨中看。記曾駿馬嘶花外，怕見啼鴉繞樹端。罷釣歸來好沽酒，呼童膾鯉薦金盤。

無題十一疊前韵

酒渴初醒春夜闌，破柑頻慰指尖寒。思量舊誓知非夢，檢點新詩忍再看。貴客曾挑琴一曲，少年空擲錦千端。乘車昨遇城南路，笑態猶如頳玉盤。

山城十二疊雲蓀度歲韵

逐禄天涯壯志闌，此心早似劫灰寒。頻年兵禍玄黄混，從古官場紛墨看。奚貴姓名留紙尾，願驅烟景入毫端。兩山環峙孤城小，是谷何妨也號盤。

偶成

喜濯緇塵入玉關，年來博得一身閑。風狂何事偏吹水，泉濁居然又出山。詩爲懷人腸宛轉，才非傲物骨堅頑。莫云衣錦榮閭里，祇見沙場壯士還。

乍到十三疊前韵

乍到荒城興未闌，一官真比廣文寒。爲延好月開簾待，更對名山拄笏看。人散雞豚餘市上，天晴鴉雀噪檐端。公家事了尋蘭若，高步何辭百八盤。

静坐十四叠前韵

萬籟沉沉夜向闌，博山香盡撥灰寒。縱横捭闔無窮變，消長升沉一例看。心似鏡明塵不着，身如泥塑坐常端。漢皇枉學長生術，空有金莖承露盤。

保定行宫十五叠前韵

雞鳴鶯囀憶春闌，露井桃開月色寒。故國怕聽河滿唱，長安且作弈棋看。莫吟玉漏沉花外，又見牙旗拂樹端。後視今猶今視昔，阿房當日賦囷盤。

上範老

蟫香曾許再摳衣，人事偏教夙願違。喜誦和章知病起，恐勞作答故書稀。詩壇附尾生何幸，案牘埋頭計總非。最是關情有山鳥，一聲聲道不如歸。

登眺山

孤絶眺山廟，登臨亦快哉。危崖支翠柏，斷碣繡蒼苔。村落真棋布，河流似鑒開。晴烟迷曉色，望不見賢臺。

敢云雙足健，直上翠微巔。怪石夜叉立，空祠山客眠。諸峰如起伏，半晌自流連。待到佛生日，偷閑再結緣。

上意老三疊前韵

依依別夢繞鄉關，喜見雲中野鶴閑。縱酒腸撐寬似海，苦吟肩聳瘦於山。君懷自有琴書樂，我性仍同木石頑。一曲陽春知和寡，願抛瓦礫引珠還。

再上意箴世伯

舉世誰逃名利關，此關勘破自神閑。駒過衹見年如水，雖逝休誇力拔山。難得林泉容我懶，陡遭魚鳥笑人頑。興亡成敗尋常事，天道從來即好還。

範老惠詩十六疊盤字韵敬和

一自離群興已闌，春風噓拂竟忘寒。願尋奇字停車問，迭奉新詩脱帽看。雅集歡聯烽火後，舊游夢在水雲端。扁舟他日城南去，菱芡重勞裹緑盤。

五叠前韵奉答雲蓀

枝頭好鳥語關關，九十春光去等閑。彭澤折腰愧元亮，潯陽下泪感香山。俗淳堪幸鳩藏拙，力絀應妨馬放頑。爲報故人太情重，到官三日有詩還。

叠衣字韵上意丈

自嘆流塵化素衣，故人况又久睽違。登臨山水心猶壯，閲歷風霜發漸稀。未脱俗緣聊爾爾，縱生奇想也非非。何時重踐先生約，傍晚江村帶醉歸。

有感叠衣字韵

空抛血泪點戎衣，四海澄清志竟違。騅逝烏江哀日暮，鵲飛赤壁慨星稀。敢憑一事論成敗，留待千秋定是非。揖讓征誅皆自擾，須知天與必人歸。

唐玉虬兄贈詩步韵奉答

一村黄葉是君家，小別匆匆隔歲華。古驛秋風誰折柳，春城寒食又飛花。關心寄語襟期遠，得意題詩字迹斜。講學荆川源有自，豈徒勝事洛中誇。

車中

隴麥平鋪錦，岩松遠列屏。天垂連水碧，雲亘斷山青。倦鳥飛仍止，征驂去不停。車中無好句，只覺夢零星。

游抱陽山

更上最高處，山河一望中。寒泉輸酒緑，斜照妒花紅。雲説洞曾出，天疑梯可通。且休悲老大，意氣尚豪雄。

游抱陽古寺用關字韵二首

撥開俗事叩禪關，忙裏偷將半日閑。壯士悲歌思易水，仙人异迹隔陵山。臨流畢燭鬢眉朗，拾級翻嫌腰脚頑。莫使纖塵霑廣袖，歸途攜得白雲還。

客去禪扉也不關，世人誰似老僧閑。焚香自有經藏室，卓錫那須錢買山。花影入簾揺靚媚，松根蟠石裂蒼頑。飄然物外無儔侶，野鶴毿氄共往還。

窗前

郭外孤峰勢最奇，窗前古樹聳高枝。東皇特與看山便，故作春寒放葉遲。

畫意

懸崖突兀瞰僧房，畫稿天然擬四王。好景全憑春著色，山花紅白樹青黃。

岩泉

舊傳此地有龍潭，萬丈深淵不可探。花瀉殘紅脂片片，苔滋新碧髮毿毿。泉聲滴瀝明珠躍，雲影空濛皎鏡涵。應愧文園患消渴，烹茶試飲味芳甘。

郊外

山寺稱名勝，今朝得便尋。敝車驅古道，清磬度疏林。雲影自來往，嵐光時淺深。任他塵網絆，我輩且登臨。

米貴

盤中粒粒備常餐，舉箸恒思吃飯難。米價從無今日貴，炊烟又嘆幾家寒。年逢饑饉加師旅，邑有流亡愧宰官。休説長安居不易，可憐到處是長安。

衙齋

衙齋寂寂似村居，春去無聊又夏初。窗爲看山常設几，屋防漏雨預移書。紅黏硯水花纔落，青漾簾波草不除。安得故人共杯酒，奇疑賞析樂何如。

曉晴

曉雲乍斂放曦光，重著綿衣尚覺凉。池縐水紋成錦繡，檐敲雨點辨宫商。移花自喚家童起，播穀應知野老忙。聞道頻年苦春旱，今歌霑足卜豐穰。

方順橋

空説名區艷玉川，低徊二十五年前。山河村落仍依舊，古驛無人草似氈。水長春溪魚正肥，小橋人影立斜暉。兒童也學垂綸坐，碧柳如絲護釣磯。

宣防績著靳文襄，猶有豐碑矗道旁。幾曲沙堤兩行柳，高風應共水流長。

燕

燕剪雙抛作勢斜，舊巢補葺便爲家。昨宵一雨春泥活，銜上雕梁帶落花。

城外早晴

長空如洗絶纖塵，郊外風光别様新。麥浪有聲飄宿雨，柳條無力挽殘春。山晴幾處鳩呼婦，村近誰家犬吠人。正是清和好天氣，千金一刻在茲晨。

燕

又見紅襟燕子歸，畫堂猶是主人非。似提舊恨迎風語，爲疊新巢掠雨飛。幾度凍雷驚翠幕，當年斜照戀烏衣。炎凉閲盡誰如汝，秋去春來識所依。陸詩：「依人海燕度炎凉。」韓詩：「窮秋南去春北歸，去寒就暖識所依。」

聞範老病癒出席城南并約同人作八里臺之游喜賦呈政

大澤寒生臥一裘，城南聞又續前游。樓臺繡畫皆佳境，水木清華勝早秋。緣淺未能追驥尾，興高真個屬龍頭。賭詩轟酒諸君事，亦念風塵俗物不。

範老以近作寄示謹步元韵敬和

吟壇續舊盟，牛耳屬先生。乍起經年病，難忘故友情。詩中雲樹思，劫後管弦聲。更有扁舟約，滄浪水獨清。

城南舊游處，荷露墜寒漪。高會作初夏，深情逾昔時。鯫生羈遠道，驛使發新詩。此樂果何極，還須寄我知。

再用前韵奉城南諸社長

幾度負詩盟，胸中鄙吝生。竟抛文字樂，難話別離情。夕照荒臺影，山城畫角聲。敢煩親友問，慚對玉壺清。

繞郭佳山水，嵐光接碧漪。每逢名勝地，遥憶太平時。大隱思梅福，前賢愧杜詩。懷人正風雨，昨夜落花知。

懷人詩 乙丑五月作

泛舟聞道續前游，霞駐童顏雪滿頭。更喜重尋詩社約，短笻扶上酒家樓。嚴範孫先生。

忍開泪眼看山河，門巷深深隱薜蘿。紀事直將歌當哭，故宮秋雨吊銅駝。顧壽人先生。

四壁圖書八尺床，劫餘端合此身藏。揮毫寫盡淋漓興，滿紙雲烟帶酒香。楊意箴先生。

君家秋葉重當時，夫子風流亦我師。莫把陳馮詩并論，恐教唐突到西施。孟定生先生。

記曾踏月過高齋，緑酒盈樽開素懷。竟夕不談滄海事，別饒清興鬥詩牌。劉潤琴先生。

君懷人後我懷人，僵走何能望及塵。不有山歌與村笛，誰知絶調屬陽春。陳誦洛先生。

書生才調本匡時，解組歸來理釣絲。遺愛亦饒風雅事，家家傳誦海棠詩。吴侶伊先生。

七十老翁心更雄，高歌一曲醉顏紅。滿懷多少不平事，都付詩囊畫卷中。盧子修先生。

山齋寂寞感離居，幸得翩翩數寄書。轉向城南問消息，故人詩興近何如？嚴臺孫先生。

共傾杯酒快論文，興至狂歌響遏雲。猶憶當年豪氣在，筆鋒直欲掃千軍。劉嘯東先生。

依依歸夢繞羊城，行橐猶餘硯可耕。作賦每多淪落感，頻年客裏過清明。吴子通先生。

臨風遥憶倚樓人，詩酒徜徉見性真。簿領匆匆百餘日，負君期許愧斯民。趙幼梅先生。

豪名不負此劉郎，下筆千言勇莫當。度歲一詩挑戰釁，各驅旗鼓競詞場。劉雲孫先生。

風動疏鐘月在天，閉門枯坐静參禪。工詩今見王摩詰，直把城南比輞川。王緯齋先生。

閑對棋枰把酒卮，堪稱三絶畫書詩。閨中更有神仙侣，何讓吴興管仲姬。李寱庵先生。

湖光山色錦囊收，不負頻年作壯游。一自逢君沽水上，可曾歸夢到揚州？孫讓水先生。

一别師門二十年，關山萬里著歸鞭。何期甫遂摳衣願，又遂征塵滯玉川。胡玉蓀先生。

同舟三載快論交，一唱驪歌兩泪拋。自别騷臺詩思澀，孤吟字字費推敲。高蘭坡先生。

鏡湖釣罷泛舟還，真比雲中野鶴閑。豈以著書娱歲月，千秋事業在名山。王仁安先生。

相逢時節看黄花，再見霜毛已半加。近報洪都有歸客，一船風月載還家。李琴湘先生。

莫説雕蟲累壯夫，書生救國且狂呼。詩成都是嘔心句，字字晶瑩血泪珠。唐玉虬先生。

小隱何妨在市間，老來詩興不曾删。登樓最好江邊景，沙鳥風帆自往還。胡樹屏先生。

萬本梅花萬首詩，繽紛香雪點吟髭。嫩寒春曉今重見，名壓山陰老畫師。胡秀璋先生。

萬方多難客都門，剩有青衫涕泪痕。詩學杜陵得皮骨，那堪再咏石壕村。張玉裁先生。

鷹準盤空迥出塵，相形真愧折腰人。尺書來往如良晤，萬里天涯亦比鄰。丁雨莊先生。

誰辨焦桐爨下音，茫茫宦海任升沉。誦詩雅愛梅村句，感慨無窮寄托深。楊襄如先生。

柳暗花明燕子飛，春風吹夢思依依。呢喃似訴離人意，不待秋來我便歸。徐石雪先生。

一瓶花影半孤燈，佛法能參最上乘。畢竟未除文士習，研煤和露傳高僧。喻昧庵先生。

關情貽我鯉魚雙，僕僕風塵興未降。他日共君酒樓上，雨窗剪燭話龍江。孫敬忱先生。
從軍志豈在功名，拂拭霜華劍自鳴。欲把離愁訴風月，聒人笳鼓動邊聲。孫軼塵先生。

謝事後雨窗几坐偶吟二首 滿城作

釋負知山重，消閑厭日長。坐看雲影幻，話入雨聲涼。忤世心常苦，還家夢亦香。袖中詩本在，聊以壯歸裝。
樹色垂雲黑，山光隔雨青。閑情吟襏襫，歸夢寄笭箵。河已清難俟，天胡醉不醒？那須傷聚散，身世本如萍。

苦雨

連朝苦霪雨，觸目即生悲。墻缺將籬補，檐危仗木支。長途潴積潦，比户冷晨炊。但盼早開霽，秋成尚可期。

留贈滿城送别諸君

無端謫玉川，見月五回圓。政簡堪藏拙，心平冀寡愆。是非付公論，留去信前緣。杯酒勞相送，臨岐倍赧然。

早發回保

上谷回車日，郎山帶帽詩。連陰疑暑退，紆道覺行遲。樹色迷雲霧，荷香度澤陂。勞人了無事，小雨又催詩。

蓮池

又到古蓮池，風光异昔時。亭臺前代物，禾黍故宫悲。雨漬苔痕長，日斜花影移。納凉因坐久，無事且觀棋。此地游人少，憑欄照碧漪。蟬聲催暑去，蟲語與秋期。垂柳送新爽，蒼藤蟠古枝。興亡無限感，不忍讀殘碑。

蓮池書院中君子生長館品茶

君子今安在，凄凉館尚存。秋花紅到岸，古樹緑當門。幾度經烽火，何年塞水源。愛蓮成獨癖，莫向世人言。

示承棣侄

我甫澼征衣，嫣州汝又歸。來遲疑事阻，期近轉書稀。竟誤游山約，應逃觸熱譏。本來猿鳥性，時世敢云非。

題張翼桐先生遂廬詩思圖

檐外蕭蕭數竿竹，門前藹藹百尺桐。此廬此境世恒有，中著詩人便不同。截竹作笛弄明月，斵桐爲琴來清風。風月不用一錢買，詩人詩思無時窮。

題張玉裁先生瓦橋歸隱圖

雄州遥指有鄉關，此日高人策蹇還。古驛小橋秋水白，寒鴉疏柳夕陽殷。林園嘯傲陶元亮，詩賦悲哀庾子山。同是天涯倦游客，輸君先我占清閑。

聞某君披髮入山感而賦此

白雲深處著茅庵，往事凄凉忍再談。萬里河山游迹遍，一天風雨戰聲酣。身經憂患生無補，眼見承平死亦甘。若爲功名方釣築，商岩周渭盡終南。

乙丑重陽擇廬主人召飲分韵得菊字

李侯懸車遂初服，謀老菟裘卜幽築。精廬舊是詩人居，圖書四壁羅籤軸。門巷深深薜蘿垂，小院寂寂饒花竹。折箋召客作重陽，笑脱疏巾酒自漉。新霜天氣蟹螯肥，前陳山肴雜野蔌。即席分韵鬬尖叉，寸鐵不持追永叔。主人曾作洪都游，多少英才得教育。偶發緒餘爲文章，語必驚人擬霞鶩。客亦城南舊儔侶，好句紛披吐芳馥。或如庾鮑清且俊，或兼枚馬工而速。青藤三絶久擅名，爲寫餞秋圖一幅。舉座酬倡樂何如，默默向隅惟我獨。我本東西南北人，萬里風塵嗟僕僕。還鄉屈指已三年，三年四度看黄菊。憶昔從登城南樓，驥尾差幸蠅附逐。從伯昂然雙鑠翁，轉眼墓門草已宿。每逢佳節倍愴神，摩挲遺編不忍讀。去年夏秋苦霪雨，無數良田變湖瀆。萬姓方嗷大澤鴻，群雄又逐中原鹿。兵禍連結年復年，今更蔓延遍大陸。烽火照夜天半紅，寒風悲鳴迸羽鏃。征夫一去不復還，人死誰生骨誰肉？死者已矣我心傷，存者令人尤慘目。大軍所至徵發頻，劫後灾餘無廩蓄。州符火急雪片飛，稍遲動輒遭鞭撲。摧窗斷柱燒作薪，芻茭供絶及芋菽。驅將市民役沙場，三日不能飽一粥。少壯逃亡散四方，老弱棄遺兒女鬻。哀此無辜蚩蚩氓，敢怒不敢騰怨讀。顧彼出入將相者，一枕游仙睡方熟。嗟爾縱横捭闔家，作雨作雲盡[一]翻覆。螳螂不知雀在後，鷸蚌到死猶箝啄。鬩墻未息外侮乘，忍使衣冠淪异族。天胡生人丁此辰？既厄陽九又百六。我懷益切杞人憂，愁腸百結眉雙蹙。對酒當歌歌不成，即成聲亦繼以哭。或謂人壽能幾何，東烏西兔轉雙轂。一生行樂貴及時，莫待衰頹悲朽木。花園堪擬桃花源，擇廬何妨當盤谷。求生日在荆棘中，得此清閑寧非福。又云天道循如環，凡事無往而不復。日有朝昃月盈虧，有春温即有秋肅。人事消長亦乘除，福兮禍兮相倚伏。今歲不幸值凶荒，來年豐穰或可卜。今朝楚漢决雌雄，明日刀劍易牛犢。人心懺悔泯紛争，風俗澆漓反純樸。會見斯民登春臺，白叟黄童歌鼓腹。我聞前言已收涕，繼聞此語笑可掬。賓主亦皆大歡喜，藹若春風扇和穆。洗盞更酌興轉豪，詩成走筆千毫秃。燒殘高燭客忘歸，北斗柄斜月影矗。舉觴我更進一言，願接芳鄰買新屋。朝夕時從群公游，嘯傲林泉枕糟麴。從此此會年年開，預爲吾黨殷勤祝。

[一] 盡，原誤作「儘」。

無題

宫眉幾輩鬥時妝，春鎖蓬門祗自傷。織罷玉梭驚蟋蟀，壓殘金綫惜鴛鴦。菱枝那慣風波惡，蓮漏陡催歲月長。別有深情人莫識，雲英不嫁也尋常。

敢嚴豐格絶嫌猜，况是春心早化灰。事與願違偏善病，身爲情累悔多才。人驕貴婿黄金印，儂却檀奴玉鏡臺。深坐不知花似海，任他蜂蝶過墻來。

玉裁社長以初春詩見示敬步元韵二首

笳鼓聲聲聒煞人，君能樂道不優貧。玉無善價寧藏櫝，琴少知音竟作薪。亂世難逢如意事，好春又伴苦吟身。何當共飲屠蘇酒，盡洗胸中萬古塵。

少壯時猶不若人，老經亂世幸能貪。覆巢幾見餘完卵，抱火何堪厝積薪。敢學步兵多白眼，自慚彭澤是前身。朝來試取梅花雪，獨寫新詩滌硯塵。

再柬玉裁

陽春難和奏巴人，搜盡枯腸一字貧。我本壽陵初學步，君於老杜得傳薪。感傷世變惟緘口，韜晦時光即保身。回首瓦橋關外路，不堪再見海揚塵。

偶成再叠前韵

粱鴻竈熱不因人，阮籍囊空始信貧。出谷須知禽擇木，補巢常愧燕銜薪。幸承竹帛傳前輩，敢説詩書誤此身。四顧茫茫天地窄，願從清净遺根塵。不幸生爲亂世人，平安即福敢言貧？點金自笑都成鐵，救火何容再抱薪。萬事變如翻覆手，百年寄此幻泡身。吟詩爲遣窮愁去，莫向樽前話劫塵。

無題二首仍用前韵兼呈澹園

徐娘睡起理殘妝，自顧風流枉自傷。上苑有枝巢翡翠，荒臺無塚葬鴛鴦。白頭吟就愁多少，紅泪啼鶯夢短長。一念真成千古恨，反因尺寸失尋常。別抱生小嬌憨即見猜，六朝幾歷劫餘灰。守船寧肯終商婦，度曲曾教服善才。別抱琵琶成覆水，重牽傀儡强登臺。何期斗帳熏香裏，苦雨凄風又逼來。

範老召飲分韵得河字

再謁蟫香館，年華逐逝波。逢春腰脚健，經亂感懷多。舊句籠紗碧，幽花照鬢皤。幾時洗兵甲，願共挽天河。

過屠獸廠感賦

磨刀霍霍意何雄，目若無人一切空。道是漢家諸將相，半由屠狗賣漿中。

頻年喋血薄津城，京觀如山溝壑平。一過屠門即酸鼻，腥風膻雨不分明。

豈是人間殺戒開，生生死死總輪回。都言立地能成佛，誰把屠刀放下來。

瀞華丈戲作絶命詞略反其意奉和

安命由來即達觀，生而何懼死何歡。好奇本是詩人癖，定論無須待蓋棺。

不合時宜一肚皮，此心莫語世人知。命如該絶由他絶，何用喃喃更有詞。

死生勘破入玄關，悟到真空萬念删。命絶有詞亦多事，究留痕迹在人間。

仙家聞有返魂香，世上曾傳續命湯。願共先生常不死，賭詩轟酒萬千場。

壽徐友梅先生七十

壯歲游齊魯，甘棠遺愛留。更爲百川障，預作萬年謀。閱世經滄海，歸田老菟裘。梅花自寫照，清福幾生修。

仁者得其壽，遐齡錫自天。拯灾如己溺，布道一身肩。黄耇歌君子，朱顏返少年。清和好時節，酌酒獻瓊筵。

子通擬於端午日在蟫香館作蝴蝶會範老以天熱病尚未愈賦詩見示城南諸子謹範老原韵兼柬同社諸公

嘉什珍如錫百朋，筆扛九鼎力能勝。幸隨蓮社頻酬唱，不問桑田幾廢興。賜葛昔曾吟杜老，披裘今又見嚴陵。螺香樽酒重過日，一拂春風萬慮澄。

哭于貴三

我亦天涯客，逢君黑水濱。衹緣相見晚，不覺過從頻。踏月千山雪，看花一院春。豐城騰劍氣，豈久困風塵？萍蹤離復合，樂事此番多。胡女舞瑶席，驃人鳴玉螺。圖方題象贊，曲忽聽驪歌。西望長安遠，懷人意若何。迢迢玉川水，烹鯉得貽書。輾轉尋蹤迹，殷勤問起居。庸才不我棄，高誼有誰如？但願長相聚，盈胸鄙吝除。往事談龍塞，新猷展鹿泉。十年感滄海，五日醉華筵。後會期猶約，臨岐恨又牽。那知一握手，從此割人天。

裏革男兒志，酬恩國士心。人猶誇困獸，誰爲惜良禽？變猝傳聞异，情哀責備深。保身愧明哲，未早進規箴。

月落關山黑，靈風颭大旗。頭顱空自負，魂魄果何之。恨未哭諸寢，姑先哀以詩。擘箋和泪寫，凄咽不成詞。

游李氏園柬同游諸社長

彈指前塵三十年，重來人已感華顛。此游却爲逃炎暑，莫遣滄桑話酒邊。

幾家第宅鎖朱門，舊日王侯已不存。此地獨遺兵劫後，直應題作奉誠園。

名園舊是謫仙居，風景天然畫弗如。不爲登臨起樓閣，半藏經卷半藏書。

地隔鄽闤静不嘩，詩清更試午甌茶。天公若爲添吟料，一雨催開紅藕花。

柳陰夾岸小橋眠，倒影虛涵一洞圓。風定波平人語静，游魚響破水中天。

庭樹低垂落碧陰，醉餘聯句滌煩襟。新蟬似解詩中樂，各占高枝斷續吟。

奇峰迎面路疑窮，轉過苔磯有徑通。遥見水東樓一角，隔林妙襯夕陽紅。

危榭清幽俯緑波，水禽格磔飽弦歌。憑欄不覺流連久，此處風光得獨多。

新浦獵獵緑前汀，罷釣空舟盡日停。傍晚納凉何處好，水邊人指水中亭。
風月原爲坐上賓，深情又及苦吟身。題糕留待重陽約，載酒還來餉主人。

無題 丙寅夏

蜀眉淡淡楚腰纖，無那嬌寒滯畫簾。春老紅蠶新繭縛，雨餘黄蝶落花黏。癡心空負桑中約，利口難申李下嫌。贏得鏡臺塵一寸，拋殘粉黛懶開奩。
戲言偶觸竪雙眉，况是狂奴有妒癡。曾望黄梅能止渴，徒拈紅豆惹相思。傷心雨覆雲翻手，在耳山盟海誓詞。一顧傾城再傾國，丰姿猶昨悔難追。
新舊恩情兩棄捐，秦樓歌舞夢如烟。前言未解防鸚鵡，多病誰憐泣杜鵑。見説已秋風再熱，斷無終古月長圓。思量事事都成恨，門掩斜陽晝自眠。
名花憔悴影伶俜，摘盡黄金十萬鈴。不慣風波歌勿渡，未經霜雪嘆先零。溺灰獨恨遭田甲，奉召驚聞失武丁。甘學鴻飛東海上，弋人空自望冥冥。

閑居

午夢驚回厭鼓鐃，柴門雙掩少人敲。驅愁無計詩迎戰，與病爲緣酒絶交。涸轍猶驕魚入肆，空庭獨恨燕營巢。山林廊廟渾閑事，一樣浮生等幻泡。

橋邊

莫怨東流去不回，橋邊風景足徘徊。百無拘束閑中趣，一任飛揚劫後灰。軍府高旗摇日落，估船晚笛帶潮來。舉頭西北陰雲黑，未待詩成雨又催。

敬步王采老八里臺紀游原韵

年華塵事苦相催，消夏城南尚有臺。蘆荻未花荷萬柄，水流如帶自縈洄。

獻羽當年頌改緇，憂時雪點鏡中絲。半生足迹周邊圉，换得棠陰去後思。

人世浮沉未可知，蒼凉歸夢蜀江湄。泛舟又觸滄桑感，十五年如一轉曦。辛亥，采老自蜀歸，同行者八十餘船，洵亦與焉。

銅像巍然俯碧波，峨冠劍佩笑容和。鼓鼙聲裏聞弦誦，八百孤寒感泣多。謂李英威。

莫道吾心老漸平，範老有「世變紛難定，吾心老漸平」之句。利名從與世無争。羊裘不著防人識，幾度吟游一棹輕。範老每年招同社諸君游八里臺，前年秋，洵亦隨往。

魚梁雞栅錦囊材，避絶喧囂亦樂哉。好景宜詩復宜畫，風吹水影漾樓臺。

風雨漂摇撼室家，釜魚況又竈生蝦。弭爭濟難先天下，偶寄餘情到水涯。趙次老屢倡和平，采老與朱橋老籌辦慈善事業，全活灾民甚衆。

未買漁蓑負白鷗，已知萬事不須謀。追陪願聽生公法，片石雖頑亦點頭。

夏夜

浮沉身世逐沙鷗，容膝端宜屋似舟。照席月光摇浪細，透窗花氣帶風柔。關山烽火遥相望，樓館笙歌聒未休。清夢不教塵俗擾，據床箕踞數更籌。

丁卯八月初七日在𢿙寓作真率會第四集玉裁賦詩見示步韵奉和

窮巷難回轍，秋階苔蘚平。惠然來舊雨，相與續詩盟。疏食無兼味，圍吟共一檠。未爲長夜飲，城市報嚴更。

訪友

繞郭溪流一帶如，故人更隔小橋居。狂來不覺言驚坐，别去無妨步當車。淺水寒蒲童放鴨，長堤疏柳客騎驢。漫云野景荒凉甚，滿腹荆榛盡剪除。

午睡 丙寅秋初

無酒難澆壘塊胸，午窗睡起意猶慵。逃名不種門前柳，避世時慚澗底松。畫境別開疑夢導，詩材偶缺仗愁供。晚來始覺新秋到，唧唧驚聞四壁蛩。

晚步

出門悵悵一筇隨，布襪青鞋任所之。居爲避囂恒愛僻，步因行飯未妨遲。漁歌隱約凉飆發，鴉點零星暝色垂。車馬管弦足生厭，絶無人處立多時。

寄承棟侄 丙寅八月朔

去歲歸津八月初，今朝恰得汝來書。烟波一棹追前夢，風雨三椽認舊居。且喜閑於雲裏鶴，莫嗟枯似轍中魚。亂時幸獲平安福，如此思量樂有餘。

八月初六日範老招飲八里臺泛舟記游

四時佳景最宜秋，又往城南共泛舟。如此山河如此會，一天清福幾生修。

高齋軒豁盛筵開，客有二三期不來。一讀新詩便傾倒，元龍豪氣謫仙才。孟孺、琴湘、仁安未到，誦洛、癯庵詩先成。

富春一老自翛然，客去扶筇送上船。我乏金丹換凡骨，望中并許作神仙。

閑游不必在山深，一水容與樂可尋。蘭槳輕摇入清遠，波聲如語伴微吟。

清高遺像水中央，桃李成陰競日芳。夢醒邯鄲多少客，巍然僅見秀山堂。

樓臺倒影漾清溪，天界平蕪與岸齊。沙鳥相親似相識，送人渡過板橋西。

幾處漁家收釣筒，浣衣人背夕陽紅。不隨破網當門曬，搭向魚竿颭晚風。山谷詩：「月明猶在搭衣竿。」

剩粉零脂水國秋，荷開愈少愈添愁。可堪自顧波中影，人與蘆花共白頭。

三軍白骨已蒼苔，剩有幽碑委草萊。憑弔倍增今昔感，流泉嗚咽助餘哀。

嚼碎春冰沁齒牙，園梨畢竟勝哀家。蟫香舊夢猶如昨，雪壓東欄一樹花。

到耳分明擘阮聲，菰蒲深處小舟横。坐中也下青衫泪，誤認琵琶送客行。

重訪留青一畝園，清幽花竹絶囂喧。今年更喜游人少，秋水濴洄緑到門。

采菱艇窄不安篷，着有小娃雙髻紅。手折殘荷當紈扇，半遮斜日半摇風。

寺宇荒凉丹雘存，前朝碑字半苔痕。傷心舊址渾難辨，落日悲風萬馬屯。

登場山積稻粱肥，卒歲優游絶是非。領略田家真樂在，相期同製芰荷衣。

一天秋色飽奚囊，底事詩人分外忙。不爲唱酬抒情素，恐教閑煞好風光。
東道言歸在客先，尚縈餘興逐清漣。志游詩恐題難盡，更付丹青作畫傳。
此游真不負劉郎，權借詩筵酌兕觴。更進一杯壽吾黨，年年佳日共尚羊。是日雲蓀生日。

丙寅八月初六日範老招游八里臺分韵得緑字

有臺城之南，清溪回九曲。去城不十里，景物獨絶俗。黌舍飛浦雲，園林麗海旭。主人富春翁，德盛文彌縟。開筵作嘉會，客來袂相屬。妙論春風和，深情醉醽醁。柳陰繫雙艇，備以載咏矚。各受人六七，坐談膝可促。容與水中央，東西任所欲。回憶七月初，來游暑正酷。歡興恨未盡，歸時已秉燭。七月朔，同敬忱、子正兩兄來游。
茲游時最佳，凉飆滌煩溽。穲稏迎新霜，蒹葭颸深渌。夕陽照鬢紅，炊烟隔樹緑。
隨處饒吟材，摭拾即珠玉。舟子亦解人，傳箋堪代僕。唱和樂忘歸，不覺詩成束。
嗚呼此何世，遍地逞蠻觸。一戰萬骨枯，閭閻痛荼毒。那知富與貴，不過供貪欲。
人間幾爛柯，天上棋一局。黄粱炊未成，夢已不可續。曷若田舍子，終歲事耕斸。
采山友鹿豕，釣水侶鳧鵠。理亂俱不聞，無榮自無辱。我生本不才，一長惟食粟。

平居無所争，聽人譏録録。况值擾攘秋，静退尤自勖。願買田數畝，不必盡膏沃。願結屋三椽，僅可容踡跼。惟須卜城南，翛然遠塵躅。朝夕獲從游，今生願斯足。

丙寅重陽擇廬主入召飲分韵得頭字

感此年華又一周，萬方多難莫登樓。海濱佳什驚鼇尾，王逸塘先生有《海濱雜咏》。盍坐上耆英屬虎頭。顧壽老。籬菊迎人似相識，酒杯在手復何求？君家自有生花筆，寫新圖再餞秋！主人工畫，去年重九之會，石雪爲寫《餞秋圖》。

逸塘先生招飲今傳是樓分韵得古字

連年動地鶩鼙鼓，文字可憐賤如土。今傳是樓開詩筵，將軍獨作騷壇主。曩者久耳將軍名，後無來者前無古。方今萬方正多難，可事翛然謝簪組。大海已枯萬流横，朝陽未浴千山瞽。斯人不出將奈何，海内蒼生望霖雨。

今傳是樓分韵詩未能依限交卷席上被罰酒數觥歸賦長句呈政

鯫生詩思本來遲，竟爽明湖席上期。俗務攖人究自擾，深杯罰我又何辭。敢持止酒三年戒，藉免饞涎一尺垂。他日碧紗籠舊句，向隅應悔未追隨。

十一月初二日晚自錦州歸車中偶作

錦城十日滯游繮，西發征車夕照黃。千里關山送歸夢，一天風雪壓輕裝。燈垂斗室摇寒影，冰纈虛窗隔曙光。笑我素衣塵又染，無人知是爲詩忙。明日社中同人公祝仁安、琴湘兩先生。

十一月初三日同人在範老蟫香館公祝仁安琴湘兩先生分韵得下字

長途風夜鳴，黄塵幕四野。不遠千里來，赴約城南社。開筵問何處，蟫香館可假。群賢已先至，侍坐次長者。小别甫經旬，一一袂重把。王叟吾中表，足迹半天下。歸棹鏡湖濱，落落交獨寡。閉户歲著書，睥睨視班賈。李侯吾前輩，能文誇倚馬。曩時官洪州，多士托廣廈。倦游營菟裘，寓齋小而雅。兩度賦重陽，飄然追白也。今席復分題，藉以佐酒斝。珠玉紛在前，奚貴雜鑠瓦。惟恐罰深杯，敢學寒蟬啞。百憂叢我心，我心不可寫。且莫説興亡，亦勿卜用舍。紀事成此詩，并祝二公嘏。

補祝子通先生用之字韵

嘉辰忽忽竟忘之，擬再躋堂一舉巵[一]。何以解憂唯有酒，未能免俗敢言詩。功名早識非君願，姓字仍求莫我知。權把津沽比衡泌，相期白首共棲遲。

[一]巵，原誤作「卮」。

再壽子通依情字韵

吟壇旗鼓奪先聲，俊逸清新庾鮑并。十載鴻泥印沽水，五更蝶夢冷羊城。亂離不易烟霞志，唱和寧疏縞紵情。一語壽君兼自勛[一]，樂天知命似淵明。

[一]勛，《黑水叢書》本校作「勖」。

冬月望訪雨莊適風雪交作歸依情字韵賦成一律

窗紙沙沙雪打聲，寒風似剪快於并。倦游京洛塵千丈，歸夢姑蘇月一城。世亂苟全仍是福，交深小別亦關情。相逢各道身俱健，獨愧華顛照鏡明。

胡玉蓀夫子六旬雙慶指寫菊花一幅并綴四詩爲壽 丙寅十二月

瑞雪初晴浴佛天，先生杖履得春先。自從問字重相過，足慰離懷二十年。

江北江南桃李芳，樗材曾亦托門墻。文章經術追純節，老圃黄花晚更香。

踏雪飛鴻事莫論，清標端合老田園。圖成愧乏生花筆，留待他年認爪痕。

歷周花甲慶齊眉，羞作尋常諛訟詞。祇願年年逢此日，白頭弟子奉瓊卮[一]。

[一]卮，原誤作「厄」。

十一月二十九日公祝幼梅石雪兩先生於範老寓齋石雪未至分韵得筵字賦呈幼梅丈

蓬萊今日會群仙，幼梅丈生日爲臘月初一日。恰好蟫香敞壽筵。客不速來緣舊雨，春猶未到已新年。是日方陽曆一月二日。平章風月皆聲色，管領湖山即事權。更喜渭南吟稿富，集分甲子又重編。丈今年五十九歲，《藏齋詩集》積二年編刊一次。

寄壽石雪先生

徐子擅三絶，詩書畫并傳。帝京有歸客，吾黨惜逃禪。石雪是日去京未至。自分江湖老，石雪詩有「拼老江湖作逸民」之句。遑知歲月遷。但教真契合，萬里亦同筵。

席上談及人生生死事多達觀語感而賦此仍用筵字

死生由數命由天，某君夢木主上書四十八歲，至年果驗。道破何曾值一錢。諸佛猶經無量劫，誰家能有不終筵。同歸於盡齊修短，次第而行躐後先。用仁安先生挽某君聯意。今夕莫爲明日計，恐聞剥啄到門前。幼悔先生云，某君一夕讌客，客席上語極曠達，及次晨某君尚未起，聞叩門聲甚亟，詢知，客已作古人矣。

盡反前意

難再何須慨盛筵，樽中有酒且陶然。徜徉天已容吾輩，健在人還似去年。命獲苟全傲懷葛，言能不朽薄彭籛。任他日月飛雙轂，晚歲松篁節益堅。

去年除夕李一庵社長用元遺山不知何處過明年句成轆轤體詩見示擬和未果彈指光陰又值歲暮茲補和五首寄呈一庵并奉同社諸公郢政

不知何處過明年，檢點詩囊百感牽。楸老五株醒舊夢，前見《黄報》有影印一庵同其夫人所繪《楸陰感舊圖》一幅。荷開十丈證前緣。一庵瀕行，出便面囑作指畫，近始勉繪荷花以應。回頭莫辨飛鴻印，捷足休嘲得鹿先。一庵出宰巨鹿。一事別來煩寄問，近時吟興可如前。

無定萍蹤逐逝川，不知何處過明年。雪霜皓影欺雙鬢，風月輕裝共一肩。萬里歸舟出巴峽，孤城畫角咽胡天。少時未解飄零味，猶願人呼作地仙。

浪游深海誤從前，歸爲蓴鱸計亦賢。獨愧半生仍故我，不知何處過明年。難銷壘塊空澆酒，慣買癡呆莫論錢。聞道羲皇能夢見，蒙頭拼向北窗眠。

陵谷興亡幻眼前，流光駛似箭離弦。寫憂江上憐飛鵲，驚變橋頭怕聽鵑。今冬天氣奇暖。方幸此身全亂世，不知何處過明年。椒盤未肯循常例，欲寄新詩學浪仙。

都言造物本無偏，底事搔頭苦問天。壽夭當教顏易蹠，死生枉論粲同淵。聖賢幾見營三窟，富貴誰攜到九泉。破涕且謀今夕醉，不知何處過明年。

阿南以賦謝從周招飲詩見示依韵奉和

一見傾心勝故人，同門沆瀣誼尤親。閑居無事但藏拙，亂世論交應賀貧。共勵松筠堅晚節，羞隨桃李競芳春。羡君文行温如玉，盡滌頻年眼耳塵。

誦洛旋津步韵賦贈

君歸百餘日，日聽鼓鼙聲。泪濕春閨夢，詩騰海國名。浪游雙屐足，狂醉萬金輕。劫後重相見，聊寬飢渴情。

丁卯二月十三日琴湘社長召飲寓齋作真率會用杜少陵寄常徵君原韵

雨作凄寒誤好春，開樽且喜遠囂塵。鄉音已改翻如客，老境相侵不貸人。顧盼山河餘熱泪，平章風日屬閑身。吾儕健在寧非福，似弈長安局幾新。

丁卯上巳修禊分韵得醳字

春氣藴微和，餘寒拂紫陌。柳嫩緑初匀，花遲紅未拆。修禊追永和，良辰肯虚擲。少長集一堂，紛拏散肴醳。揮筆名各題，拈韵花箋擘。賓主盡東南，地亦絶幽僻。雲影度疏簾，波光灎虚席。登樓攬佳景，湖天色一碧。方幸足游騁，百感轉叢積。天下不祥事，莫若兵與革。誰爲袚除之，氣且致癘疫。大難況未已，翻覆睹殘弈。天將喪斯文，遍國鳥獸迹。傷哉後視今，豈猶今視昔。

丁卯上巳範老招集八里臺泛舟分韵得左字

樓臺俯青溪，烟景似江左。三月猶峭寒，林園春意鎖。祓禊有餘興，容與泛輕舸。新漲一篙碧，人疑天上坐。和風扇徐徐，酒懷愈駊騀。回首昔年游，紅蕖花半墮。此游勝清秋，晴光摇淡沱。聲無絲竹亂，談祇風月可。歸咏樂何如，胸中净塵堁。更約後會期，香夢梨雲彈。

承杜彌月壽人琴湘幼梅臺孫誦洛玉裁純之從周子通芸夫諸社長以儲蓄合一枚見賜壽人琴湘兩先生并賀以詩兹賦長句申謝并呈幼梅諸公

漫將騏驥譽佳兒，爲犬爲豚亦任之。蓬矢未懸因亂世，竹枝見贈喜新詞。晚生不羡公閭慶，有後聊寬伯道悲。凡骨敢期能學杜，顧名莫作海棠詩。

丁卯生日玉裁以詩見壽步韵答謝

吾生恨未值清時，猶有閑情共賦詩。豈以行藏隨用舍，但希磨涅不磷緇。香山老大天涯泪，工部平居故國思。歸隱瓦橋春正好，一鞭斜照柳如絲。

病多早謝酒傾瓢，性懶何堪帶束腰。偶學蘭亭修禊事，更從蓮社赴文招。干戈滿地空餘泪，鷗鷺無心尚避潮。獨愧知非年未到，桃花孤負武陵邀。

得棣棨兩侄來書知桐女過濱江答賦

韞藏視若掌中珍，遲早姻緣信夙因。六載方爲新嫁婦，三朝又作遠游人。忙中話叙家庭舊，客裏情彌骨肉親。回首龍沙猶在目，平安書盼往來頻。

再示棣棨兩侄

依人共作嫁時裙，手足怡怡即樂群。五月江聲銷暑氣，萬家月色静塵氛。室家有累心須快，陵谷無常志莫紛。一屋東西兩頭住，相期洛下見機雲。

丁卯七月二十四日範老招游八里臺賦呈

迥與塵寰隔，班荆坐緑陰。蟬聲亂人語，花影蕩詩心。領略秋多少，低回水淺深。佟樓風景好，畫稿倩誰臨！

又分韵得緑字

朱夏昏昏苦炎溽，閉門不出常裹足。井梧一葉落秋風，扶病從游洗塵俗。主賓雅集十五人，兩舟相銜行陸續。各築詩壇搴將旗，甲乙分曹嚴部曲。花箋急於軍書飛，蹈險攻堅成戰局。溪橋穿過境愈佳，如畫名園娱近矚。樓臺絢麗日不紅，水木清華天亦緑。問名厥地曰佟樓，試馬年年騁騏騄。嗟彼艷雪無土丘，誰往城西訪遺躅。返棹仍循舊路行，行行且止隨吾欲。觀稼園前農圃忙，竹筧分泉鳴碎玉。登岸臨流適野餐，風吹浪綯杯中醁。高槐張幄小瓊筵，淺草鋪茵薄錦褥。枝頭蟬更解幽吟，詩未成時聲若促。徜徉半日賦歸歟，櫓摇驚起荷叢鵠。

讀玉裁和從周詩依韵感賦即呈玉裁從周兩先生

明月城關萬里長，錦衣壯士幾還鄉。功成痛飲黄龍酒，勢敗悲分銅雀香。人道有時自消長，天心從不易炎凉。旁觀莫灑興亡泪，千古山河一戲場。

獨坐

傷時三太息，垂老百無成。倦似歸林鳥，癡於入紙蠅。曉風酸畫角，秋月淡寒燈。何故慵拈筆，愁多寫不勝。

晚過榆關 戊辰

第一雄關百戰經，沙蟲已化血猶腥。霞蒸海日山都赭，春隔邊城草不青。劫後詩歌餘泪在，客中笳鼓帶愁聽。此行便出盧龍塞，無奈征車未肯停。

再游龍江

飢驅我又去龍沙，風雪長途百感加。兩度遄征哀墨絰，十年陳迹愧烏紗。生逢憂患嗟無補，老背鄉關計總差。仍作天涯淪落客，馬前何日見桃花！

哭兒子承杜

年近知非嘆子遲，蔗園幸見側生枝。阿娘費盡心頭血，一路風霜枉護持。兒鐘姬生，予時四十八歲，内子愛護周至，此次由津來江，三日而殤。

計閏時方歲一周，慚予福德未前修。硯田從此隨豐歉，免被人嘲做馬牛。兒丁卯三月初十生，戊辰閏二月十四日殤。

未侍嚴君到九原，覥顏人世尚生存。黃泉相見兒先我，博得重闈笑弄孫。

抱恨終天泪似麻，痛心咫尺亦天涯。汝來萬里應如願，至死猶能見阿爺。兒生於津，家君聞報，异常歡悅。去年九月，涿城被圍，家君竟於十月初棄養，直至圍解後，始獲奔喪。

埋骨荒原古驛西，死生有地豈無稽。因知小字終成讖，合卜佳城在卜奎。兒小字映奎，爲先君所命名。

前生夙債諺云然，一載能償幾許錢。恨不築臺千萬級，教兒直討至高年。

不德休嗟天道無，敢將才慧比童烏。茫茫後顧難回首，權作去年今日吾。

夢裏幽明路或通，既來何去又匆匆。語兒如再生人世，記取無緣莫姓馮。次女承槳亦姬所出，七歲而夭。兒生之前一夕，内人忽夢見槳來，兒貌亦極似槳，豈真槳之再世耶？

情鐘我輩本尋常，老大飄零倍感傷。如果喪明亦何憾，不撑泪眼看滄桑。

提戈取印豈吾期，空荷殷殷贈竹枝。莫到晬盤陳百玩，祇須沈誦哭兒詩。兒彌月時，李琴湘社長贈竹枝詞二首，有句云：「預計晬盤陳百玩，不抓戈印定抓詩。」顧壽人社長又反「不抓戈印定抓詩」之意，辱詩見賀。洵亦賦長句謝之。何意未届晬盤，竟有哭兒詩之作矣。

塞上呈範老

家山啼鴂送春殘，塞上風沙尚苦寒。貧不典裘防再著，居雖近市幸偷安。西河自痛離群久，下里應慚和曲難。承寄《松客集》。爲問梨花開也未，昨宵有夢到東欄。

功名

功名久矣付苓通，底事飄然逐塞蓬。多病年方知老至，不才詩豈以窮工。一天風雪春歸後，立夏後猶落雪一次。萬里山河野哭中。但使承平能眼見，拚將沽酒醉新豐。

答友

五日離家色笑違，一州斗大陷重圍。沙蟲猿鶴悲俱化，城郭人民嘆已非。未報深恩親不待，既無遠志子當歸。怕逢舊雨殷殷問，恨悔交并泪滿衣。

四十九歲初度

靈椿忽地痛風摧，更惜飛霜殺草荄。百歲蹉跎將半矣，一身漂泊爲誰哉？泪傾天柱源頭水，心化昆明劫後灰。自挽未能非曠達，作歌聊以告吾哀。

退食

已分衡門賦樂飢，無端奔走又天涯。累人莫忽猪肝薄，對客常羞鶴翅垂。退食歡於童放學，治生拙似婦爲炊。不知歲月駸駸去，衹見繁霜點鬢絲。

春曉

夢醒多在五更時，寒戀重衾起較遲。爐火殘紅埋榾柮，雪窗虛白度玻璃。披衣未竟閑調息，據案無聊獨看詩。莫道庭前少春意，朝朝晴雀噪枯枝。

游濱江公園

雨打荒齋客夢醒，起看新緑孕池亭。犁花舞似風中絮，榆莢多於水上萍。短髮又經邊雪白，雙眉常鎖故山青。羈人未共春歸去，鶗鴂聲聲不忍聽。

江干

飄飄衣袖曉風斜，信步園林又水涯。客艇過江多似鯽，人家隔岸小於蝸。遠村路曲翁挑菜，深巷天晴客買花。何用别尋方外境，此心久已厭囂嘩。

倉西公園

節近端陽雨乍過，凌晨天氣似清和。烟開野寺尋碑路，風度江樓放棹歌。耽寂不妨花事晚，添幽漸喜樹陰多。凄凉怕聽東鄰笛，一往深情唤奈何。

小飲寓廬伯聽先生賦詩見贈步韵奉答

一紙鸞箋索和詩，枯腸搜盡强爲詞。馬牛早已憑人唤，姓字惟求不我知。劫後羈愁如日進，病中瘦骨與秋宜。黄河縱説清能俟，争奈都非少壯時。

伯聽召飲叠沙字韵賦呈二首

一庭春雨净塵沙，入席慚將上坐加。别後交情濃似酒，老來宦味薄於紗。青鞋布襪心常適，碧砌紅軒計總差。思舊曷勝長太息，人生何事不曇花。伯聽寓故友王雲曲舊居。

往事唏嘘蜮射沙，無辭竟以罪相加。伯聽因事繫獄二三年之久，後冤乃白。題碑幼婦驚黄絹，施帳門生擁絳紗。著作名期千載共，計沈數不一毫差。伯聽近精於看八字。語君莫作萍飄感，我輩前身是柳花。

孤游

日日孤游步當車，邊城五月始看花。江天霧重茶烟濕，村市風來酒旆斜。碧草平原晨牧馬，白楊古寺晚啼鴉。京華西望休惆悵，著得吟身便是家。

哭胡玉蓀師

曾奉瓊卮晉壽筵，何期一别隔人天。門生私謚追純節，海内宗師失孝先。坐我春風思絳帳，傳家舊物衹青氈。瓣香空尚南豐祝，西望津雲涕泫然。

雲蓀寄詩見慰步韵奉答

野哭聲中度歲華，又驅羸馬踏邊沙。半生漂泊慚風絮，後顧蒼凉悼鏡花。往事難將百身贖，無情最是二毛加。升沉不向君平問，願借天池八月槎。

倉西公園同止安鳳梧贊夔觀程公碑

剔蘚同觀峴首碑，墨痕和泪共淋漓。將軍祠宇輝前烈，（壽公祠將落成。）故吏詩文慰去思。（碑文爲宋都督鐵梅撰，碑陰題詞甚多，半皆程公舊屬。）凉露沁脾花氣襲，朝曦曝背樹陰移。勸君須盡杯中酒，止安攜酒榼至。權作岐亭贈柳枝。贊夔將旋里。

夏雨

涼颸暝色逼荒齋，銅漏時方報曉牌。檐際雲垂如墨潑，階前雨滴漸珠排。當車且蠟將穿屐，備爨先移未濕柴。一枕瞢騰北窗下，衹憐夢不到無懷。

六月中旬連日霪雨屋中滲漏幾遍賦以遣興

階前室內互丁冬，點點渾疑玉漏重。危及燕巢泥共落，智輸蟻穴户先封。舉頭衹恐天將墜，抱膝真無地可容。幾輩綢繆防未雨，一年一度易茅龍。不讀東坡喜雨亭，惟吾陋室亦堪銘。承塵半落風飄瓦，瀑布横飛屋建瓴。滴入鄉愁仍斷續，催成詩句也零星。恨天未被神媧補，衹盼仙官遣六丁。

晴

久雨逢晴喜欲呼，蔚藍天色片雲無。亭臺净麗疑妝罷，花木舒翹似病蘇。步緩時防雙屐折，腰頑賴有一藜扶。莫云遍地皆荆棘，不辱泥塗即坦途。

琴湘來書以重陽之會見召爰寫菊花一幅綴以長句題寄

幾度思將筆硯焚，追陪清宴昔論文。又聞賦爲登高作，想見曹因射覆分。千里招邀珍舊約，一身漂泊愴離群。邊城寒早無秋餞，寫就黄花寄與君。

東園 六月

漫云佳興與人同，人向倉西我望東。近晚樹添無盡碧，未秋花著可憐紅。鞦韆影颭荒城日，觱栗聲凄絶塞風。誰是五陵裘馬客，雪泥留待證飛鴻。

雨後登望江亭 六月

蕭寺鐘聲帶濕聽，雲開沙鳥起前汀。諾尼江遠孤帆白，拜苦城低萬瓦青。眇眇一身真海粟，悠悠十載慨風萍。天公恐敗吟詩興，不遣紅塵入此亭。

九月十六日邀薛友漁魏馨若曠伯聰劉翰秋陶筱泉查安孫劉止安劉閏勤在湫寓作真率會以簾卷西風人比黄花瘦爲韵分韵得人字

風塵滿目慨羈淪，荒徼談詩自可珍。形到忘時疏禮數，性從率處見天真。揮毫喜看雲歸岫，安孫將有遠行，寫《松顛飛瀑圖》見贈。折角常親雨墊巾。老友郭普泉爲不速之客。共笑未除文字習，年年無怪墨磨人。

去年重九擇廬雅集洵因旋涿未與期會席上代爲拈韻得秋字俗事冗雜迄未交卷戊辰春重游卜枯客裏光陰又是滿城風雨適擇廬主人函索舊債爰補賦長句寄正

吾人聚散本浮漚，千里翻勞遠札投。無地能逃經歲債，有詩難説此生愁。青燐白草樓桑夜，紫蟹黃花析木秋。佳節風流君占盡，獨慚清福未前修。

重陽後寄懷李琴湘先生

餞秋無計寫新圖，聊寄黃花當紫萸。嘉會已乖經歲約，异鄉難覓辟愁符。烟横古渡漁歌晚，霜落江天雁影孤。莫怪連朝詩興盡，滿城風雪甚催租。

漫詡終軍昔棄繻，又隨南郭共吹竽。樓桑社冷家書邈，木葉山荒客夢孤。興敗遣愁爲後勁，老來知病是前驅。劫餘差幸身猶在，回首沙場萬骨枯。

戊辰重九擇廬主人循例宴集主人來函代拈韵得欺字

七二沽頭名士會，三千里外故人詩。洵時客龍沙。劇憐瘦影招花笑，洵作《餞秋圖》寄贈，聞已影印。空許饞涎爲酒垂。聞是日範老、幼公均送酒，主人自備百年佳釀。能自成家吾豈敢，前寄拙作，謬承獎飾。若推主席子奚辭。主人詩中有「徐中秋與舒重陽，吾輩重陽應奪席」之句。早梅一字皆師事，願列門墻語不欺。近復寄詩求政。

濠州蔡君清禪以營川留别四律見示即步元韵奉酬

新詩凄婉惜前游，回首光陰下瀨舟。劫後雄心猶向日，君詩中有「匹夫有責」之語。客邊華髮不禁秋。龍門價重才驚李，蝶巷歸遲夢化周。夢蝶巷在濠州。我正天涯慨淪落，吟箋何幸識羊求。

閲世全無得失争，九峰姓氏動公卿。宋蔡沈隱居九峰，世稱「九峰先生」。雞林文字千金重，龍塞琴書一擔輕。國事如斯惟恨在，吾徒不幸以詩名。蒼茫家室何須問，滿腹憂虞賦北征。

君謨書法紹羲之，幼婦詞華擅色絲。菜殿空徵黄閣器，宋蔡齊祥符八年進士，上夜夢有莱一苗與殿基并高，齊是年爲狀元，齊試天下如置器賦，上曰：「宰相器也。」池蓮名噪玉門陲。君曾爲各當道幕賓。西山亮節今猶在，宋蔡元定號西山。東郭高風昔所遺。蔡曾號東郭居士。畢竟良材驚爨下，漫因焦尾怨衰遲。

遭時弘道兩皆難，歷盡艱危萬慮寬。握手相逢猶恨晚，傾心不醉亦成歡。莫傷蒲柳經秋早，共勵松筠耐歲寒。他日君家作真率，紫茄白莧薦盤餐。南北朝蔡撙爲吴興太守，在官惟飲郡井水，齋前自種紫茄、白莧以爲常餌。

春寒　己巳

剪剪寒風拂面吹，了無春意上枯枝。偶聞積雪傾檐溜，旋見層冰結硯池。貧亦置樽貪客過，病猶舍杖諱吾衰。美人自昔傷遲暮，應與東皇一例悲。

鬧江

塵俗勞人久廢吟，鬧江天氣半晴陰。無風寒亦欺裘薄，不雨泥仍没屐深。静坐枯於魚入肆，晚歸急似鳥投林。今春幸免黄楊厄，重檢詩篇泪滿襟。

見擇廬約友人看海棠啓賦呈

梨雲幾度夢蟫香，風信今番遞海棠。邊地鶯花猶寂寞，高齋觴咏足徜徉。差堪告慰身無恙，豈不思歸路孔長。料得殘紅已狼藉，願期後會補重陽。

送岫樵省親南歸

年年慈母寄征衣，迢遞雲山色笑違。世亂未嘗求聞達，即懷遠志亦當歸。

橐筆天涯又幾秋，男兒羞博漢家侯。此行并不關松菊，道是萱闈已白頭。

機聲燈影憶高堂，封鮓前型敢或忘。游子奉親無別物，一囊風月壓輕裝。

琴湘辱書知前次社集爲白海棠花盛開且是日適逢範老歸道山後第一次生日爰賦數章寄呈

韶光九十又將闌，乞得春陰作嫩寒。樓外幾株花似雪，賞心莫誤到東欄。

芳園樂事今猶昔，百代光陰感慨同。公不少留真過客，滿城桃李泣春風。

紅妝洗盡絶嬌嬈，借獻香花賦大招。怕是詩魂歸去晚，不須高燭夜深燒。

明湖舊約難回首，竟把吟筵作祭筵。薦此馨香知不吐，神其翩止醉花前。

銜凄此日瞻遺像，佳句明朝遍海陬。豈獨蟫香垂不朽，擇廬雅集亦千秋。

江村初夏

霧斂江村見酒帘，客衣猶怯曉寒尖。一春半在風中過，衆緑方從雨後添。接筧新泉隨地引，誅茅舊屋趁晴苫。莫悲悵悵成孤往，負手尋詩意未厭。

己巳古曆五月初三日在倉西公園作真率會第九集分韵得上字

我性喜膏澤，一春苦驕亢。我居喜園林，邊徼患蕪曠。更喜素心友，晨夕事酬唱。真率會久輟，我懷殊悵悵。倏忽近重午，家家熟新釀。倉西續吟盟，聞之喜無量。好雨似催詩，良緣拜天貺。披我蓑一領，蠟我屐一兩。莫嘆出無車，如乘風破浪。不畏泥塗辱，此行亦云壯。座中誰先至，捷足推元亮。劉伶酒興豪，笑我茶以當。舊雨半不來，幾番開徑望。樓臺烟雨中，畫圖莫形狀。雨過縱游觀，微風織清漾。石磴苔痕滑，疏林茶烟颺。吟壇競馳騁，幽情一以暢。裁箋貽諸子，且勿觀壁上。酒債容許逃，詩債終須償。

奎社同仁未雨亭晚眺 五月十七日真率會第十集得來字

清讌容教末席陪，興餘登覽好懷開。井泉試瀹春前茗，石磴新滋雨後苔。遠樹碧隨平野盡，亂帆紅挂斷霞來。思家知有長安客，獨倚江樓聽落梅。

穀甫出便面余爲作指頭畫穀甫辱詩見謝即就元韵作答

身世如萍逐浪浮，敢誇投筆覓封侯。自慚金綫頻年壓，一樣生涯在指頭。
風生懷袖夏猶寒，莫作湘妃廟裏看。他日西湖買舟去，待君截取老漁竿。

六月初一日爲真率會第十一集適逢楊太真生日戲拈爲題分韵得涯字

沉香亭畔醉瓊卮，頌晋長生未有涯。祇爲君王專寵愛，更教姊妹换門楣。千秋樂奏齊花萼，一騎塵飛貢荔枝。應笑梅妃珠却後，上陽老死少人知。支韵。
蓬萊仙子貌如花，多爲紅塵一念差。浴賜驪宫恩不再，魂歸錦水恨無涯。耳中得寶歌猶熟，身後傾城罪妄加。南内凄凉傷往事，此生悔謫帝王家。麻韵。
死生早有數安排，底事人間願總乖。蜀道終教翠華返，馬嵬何惜玉顏埋。喁喁密誓盟鶼鶼，渺渺深情寄鈿釵。爲語雙星休竊笑，明宵依樣各天涯。是日爲陽曆七月七日。

佳韵。

六月十五日真率會第十二集社題爲西泊泛舟予因事未至補賦呈政

半生人海任沉浮，又泛城西一葉舟。古戍日斜旗影矗，長空風動櫓聲柔。衹餘羈客尋詩料，無復將軍理釣鈎。觸目頓增陵谷感，連朝水落出沙州。

爲仲理二兄畫菊并綴以詩

劫餘兄弟尚天涯，相見頻驚鬢雪加。聞道秋凉賦歸去，故園不誤看黄花。

秋寒

雨作秋寒怯出門，雲開遣月伴黄昏。茫茫世事驢旋磨，寂寂年光虱處褌。小鼎茶聲煎客夢，疏簾花影織詩魂。衹憐一掬天涯泪，重漬青衫舊濕痕。

寄呈仲哥北平

頻年滞迹背松楸，兄賦歸歟弟尚留。清夜鼓笳邊塞月，夕陽禾黍故宫秋。病瘡老馬猶銜勒，得肉飢鷹自脱鞲。劫後自矜增閱歷，於今萬事等浮鷗。

仲哥滯平再寄

一紙書來意萬重，故都又滯倦游蹤。近中眠食應如昔，别後親知想又逢。北海枯荷凉客夢，西山落葉絢秋容。鄉園咫尺仍荆棘，辜負初心就菊松。

兒戲

淡沱秋光雨乍晴，連朝放學沸歡聲。唱歌花底偕猫坐，畫字沙邊仿蟹行。叠石築壇晨點將，折箋揭幟夜陳兵。比鄰何事兒童鬧，剖豆分瓜論未平。

猫

余蓄一猫，毛色純白，兩眼一金一銀，半臨清種也

不愧嘉名錫雪姑，堆綿搦絮又何殊。望中或識金銀氣，畫裏堪摹耄耋圖。眠藉錦茵輸撲握，戲牽彩縷勝於菟。溪魚飯汝休嫌薄，且喜寒齋鼠穴無。

即事

雁叫霜天木落初，邊城習俗似村居。摙泥户爲防寒墐，壘垛柴因度歲儲。白水沸鐺朝漬菜，紅鹽渝甕夕醃菹。笑予泛宅浮家慣，終覺謀生計總疏。

西橋早步

去去橋西路，支笻傍水濆。新霜澄野色，凉日熨波紋。雁陣沖雲没，漁歌入港聞。但希題柱客，一鼓净妖氛。

荒齋

瑟瑟西風静掩關，忙中消受一天閑。書緣知已翻稽答，詩乏驚人屢自删。窗暖婢移花就日，階空童掃葉爲山。荒齋莫漫傷離索，寒雀枝頭往復還。

擊楫

擊楫中流志未符，松江風陡浪花粗。萬家篝火鳴刀尺，千里飛車挽粟芻。回首不堪瓜再摘，同心奚慮蔓難圖。拊循他日瘡痍起，請弛三軍所過租。

夷歌

四處夷歌起，連朝羽檄馳。妖霾彌海内，野哭動天涯。已痛沙蟲化，仍悲鷸蚌持。武陵烟水闊，悵悵果何之。

答仲理兄北平

風鶴三邊急，家書遠道馳。豈徒勞問訊，并爲决遲疑。避地庸非計，休兵尚可欺。開緘應慰藉，含笑看新詩。

大漠

大漠盤鷹準，深箐踞虎狼。編氓淪异域，新鬼泣沙場。欲訴天胡醉，言歸路孔長。松濱裘帶客，歌舞正徜徉。

今年庚社同人魏馨若蔡清禪陶岫樵與余俱五十歲十月清禪以五十生日詩見示索和謹步元韵奉答兼懷岫樵并柬馨若暨同社諸子

卌年生日客中過，回首前塵蹉復跎。上壽期頤纔及半，少時冀願已無多。邊愁茁似經春草，鄉思牽如引蔓蘿。却向了翁輸一着，買山先我築吟窩。馨若今春移入新居。

霜顛照入鏡光寒，書劍飄零不忍看。良驥終虞千里蹶，秋蟬聊借一枝安。青春已逝留無計，白雪當前和更難。共羨故人投筆去，誓將傳檄破烏桓。岫樵從軍防俄。

止安以洵五十見壽步韵答謝

搔首驚看絶妙詞，傷心怕讀補亡詩。時余尚未服闋。五十曰艾原非壽，昨日之非況不知。沽上流觴追盛事，天涯橐筆負清時。來年預獻岡陵頌，醉倒花前子勿辭。

止安明年四十九歲。十讀平聲爲諶，見《老學庵筆記》。

步半園重九元韵

登高無去處，扃户避讙嘩。故里萸應插，邊城菊未華。羽書飛五夜，烽火照千家。倘得長房術，何須學煉砂。

佳節增悽愴，胡天雪已飛。盼書嗟雁杳，止酒負魚肥。晚景桑榆逼，浮生芥粒微。愧無書十上，裘敝耻言歸。

家祭

危城遍烽火，彈指兩經秋。劫後猶餘痛，饑來又遠游。形骸勞案牘，魂夢繞松楸。無語陳家祭，中原戰未休。

清禪先生以五十生日詩見示再用原韵奉和

攤書高臥賦冬窩，鼙鼓聲中歲月過。緑水紅蓮才望重，白雲蒼狗感懷多。寓言劍俠歸磨鏡，君著有《塞上文鴦》小説，頗似聶隱娘嫁磨鏡少年故事。入夢仙姬悼女蘿。冒辟疆有姬名蔡女蘿，君近有悼墨姬詩歌多首。爲誦香山舊詩句，願君將壽補蹉跎。

稽山空論養生難，畢竟松筠耐歲寒。沽酒裘因留客典，挑燈詩喜退衙看。黄花栗里懷元亮，君别號味陶。皂帽遼東滯幼安。但使胸襟海天闊，任教雀躍與鯢桓。

聞韓旅長陣亡札蘭諾爾

忽地軍中弱一韓，旌旗慘澹角聲殘。初聞猶冀傳言誤，遥奠空將熱泪彈。萬里疆埸埋血碧，千秋日月照心丹。出師未捷賫長恨，爲鬼還應滅賀蘭。

吊韓斗瞻旅長

當年相背詡干城，慷慨防邊自請纓。裹革男兒原夙志，鬩墻豎子耻成名。將星遽墮天何酷，史册常昭國有榮。東望混同江上路，濤聲嗚咽助哀鳴。

懷庶侯

賭酒猜花憶少年，光陰一瞥各華顛。老來更歷滄桑變，劫後惟希性命全。愧我遠游仍皂帽，知君故物剩青氈。鄉園株守庸非計，鶴唳風聲動九邊。

紹卿以搰戰屢北戲成一律見示敬步元韵

吾家大樹蔭猶濃，此日登壇上將風。欲使藩臣皆面北，須知兵法貴聲東。指揮可奪三軍帥，顧盼休誇一世雄。酒户輸君寬似海，自儕川瀆學朝宗。

寄仲哥北平

世變多翻覆，人言半信疑。至情關手足，先事問蓍龜。差幸邊氛息，無勞遠念馳。中原正擾攘，此鹿屬伊誰！

紹卿以詩見覆即用元韵答之

傷心老大抱琵琶，且向江南問酒家。借此胸中澆壘塊，怕從客裏度年華。新緣天竺三生石，遺愛河陽一縣花。行見邊城重奉檄，載將紅粉侍烏紗。

再用前韵呈紹卿

揚州何遜本詩家，爲寫羈愁托落花。一自佳章唾珠玉，頓教俗耳洗箏琶。壺中日月雙輪速，鏡裏風霜兩鬢華。愧負故人期許厚，宦情久已薄於紗。

三疊前韵仍呈紹卿

雙蛾淡帚謝鉛華，漫倚新妝似趙家。宛轉柔腸誰與訴？瞢騰醉眼本無花。添香此日勞紅袖，執卷他年侍絳沙。更笑明妃空出塞，衹餘怨恨托琵琶。

四疊前韵

宦游到處可爲家，聞説洮安度歲華。愛日蔚成喬梓蔭，好風吹放棣棠花。相思莫漫拈紅豆，講學還欣侍絳紗。紹卿有弟曾爲洮安令，板輿奉母，遂僑寓於洮安。今冬，子澤霈已來江。

應寫龍沙舊詩句，譜將新曲入琵琶。

五叠前韵

笑撑老眼看名花，海上紅樓舊住家。麗質當年誇鄭旦，環材此夕賦張華。張華有《環材枕賦》。心癡已作泥中絮，恩重休捐暑後紗。多少五陵裘馬客，歌筵不復抱琵琶。

六叠前韵

十年夢已覺烟花，仙子重逢萼緑華。可以解憂惟飲酒，未能免俗尚思家。鍾情不爲纏頭錦，留約先封繫臂紗。醉後若題佳句贈，莫書門巷誤琵琶。

春日早晴

衰病侵尋態可憎，腰頑未肯曳烏藤。安貧老作抄書吏，退食閑於罷講僧。夜雨無聲時雜雪，春泥不滑半成冰。羊裘莫换新豐酒，準備邊寒入暮增。

寄張玉裁津門

征驂小駐又天涯，未獲傾樽話別離。异地遥知知己念，隔年承寄寄懷詩。中原北定嗟何日，滄海西流不可期。却羡瓦橋驢背客，一行垂柳綰鞭絲。

挽盧剛輔

點點疏星向曙天，故人何日話樽前。索居又作三年別，再訪終慳一面緣。淹滯春明空歲月，浮沉樞府幾桑田。昨開行篋君書在，展讀回環泪泫然。

寄王緯齋

飄泊天涯類轉蓬，來鴻去燕太匆匆。光陰藥霧茶雲裏，活計詩筒畫本中。予髮又添邊雪白，君心不著俗塵紅。已知蓮社無緣分，空叩禪關謁遠公。

種花

辟地階前好種花，閑閑權作樹桑麻。絡繩傍户延新蔓，插棘編籬獲短芽。露重略聞香潤膩，日高喜見影横斜。天然粉本供臨撫，不羡徐黄老畫家。

雨後

曳藤蠟屐步恒遲，正是園林雨後時。衆緑怒争滕薛長，群芳故弄尹邢姿。濕烟乍起安茶竈，曉日初升上酒旗。遍坐樹蔭濃淡處，炎凉調劑總相宜。

久坐

久坐凉生袖，園亭秋意加。燈光奪明月，人語隔幽花。邊地猶歌舞，中原正鼓笳。錦衣歸未得，斗柄漸西斜。

看花

塞上春遲秋到早，更兼雨夕與風晨。本來有限看花日，况是頻年作嫁人。早識繁華歸冷静，從來禍福等根塵。趁將腰脚今猶健，偷暇吟游不憚頻。

秋色

酒旗隔岸似相招，貪上江樓過小橋。帆影漸隨雲影没，鳥聲不共市聲囂。日高葵藿甘低首，地僻蒿萊半没腰。莫動美人遲暮感，滿園秋色屬紅蕉。

歸里雜詩

鄉園西望泪潸潸，故我依然又入關。痛煞防邊諸義士，幾人衣得錦衣還！三月初八日旋里，前一日爲清明節，是日追悼防俄將士於倉西公園。

浩浩平沙不見村，晨光黯澹似黄昏。黑烟撲地濃於墨，莫辨原頭野燒痕。洮昂道中。

白草黄沙四望窮，人家隱約有無中。憑窗如讀倪迂畫，一雉驚飛入遠空。打通路中。

燈光摧璨月如珪，銀海光摇眩欲迷。睡覺鄉音猶耳熟，一聲聲唤買燒雞。夜過唐山。

昨夜遼西積雪皚，東風吹送到蘆臺。最關心是新河驛，一路桃花開未開。車發蘆臺。

卅年不踏九衢塵，古驛荒凉客舍新。欲問道旁雙斥候，可曾相識舊征人？平涿道中。

高車坐可十餘人，有客還鄉白髪新。乍見多疑不相識，攀談半屬舊交親。平漢路梗，乘摩托車由平赴涿。

浮圖雙聳插晴曦，村落凄凉异昔時。信是近鄉情更切，車行愈急愈嫌遲。將至涿州。

長橋盡處柳青青，冠蓋當年此必經。誰念小民供億苦，徘徊空憶九間亭。

瀟灑誰如王右軍，今從病榻話離群。一回相見一回少，此語酸辛不忍聞。北平視庶侯病。

再度歸來恨已遲，紫荊花萎最高枝。傷心怕憶離家日，握手銜哀約後期。由涿到津甫三日，接德甫先兄凶聞。

蓼莪廢讀倏三年，重展松楸一泫然。何意樓桑村外路，而今又輟渭陽篇。到涿驚聞敬行八舅先德兄一日逝世。

世亂年荒行路難，無情歲月似飛翰。宵來一雨征途梗，共笑馮煖鋏又彈。前夜大雨，摩托車亦停駛。

衣奔食走博錙銖，汗下如漿力已痡。一路相憐爲同病，半生慣作伏轅駒。乘人力車赴北平。

琉璃河畔慨前游，一別師門二十秋。天上玉鯨終不返，滔滔猶是水東流。夙荷錫師師僑垂盼，重經此地，愈重山頽木壞之感。

平林缺處見紅墻，古刹無僧已就荒。夾道風光無限好，槐花香裏過良鄉。

皇華廢驛草萋萋，亂石縱橫齧馬蹄。路轉豁然開倦眼，萬家燈火鳳城西。至彰儀門。

十年前已辟荆榛，此日平平道是遵。一縣河陽春似海，當初誰是種花人！道經泰來，舊名泰來氣，譯意即種花人也。

故園

鶗鴃聲殘返故園，廿年歲月勢如奔。却忘鏡裏容顏老，漸覺筵前輩行尊。舊日釣游陳迹在，童時師友幾人存。唏嘘追説城圍事，苦雨凄風酒不温。

登未雨亭

轉眼花時過，登臨興未休。重樓遮遠睇，長笛發清愁。雁陣穿雲没，漁歌傍晚收。莫教寒到早，客髮不禁秋。

中秋晚同止安登望江樓

待月江樓上，脩然物外心。岸高秋水落，風静暮烟沉。野渡明漁火，疏林出梵音。漫矜腰脚健，久已廢登臨。
相約黄昏候，來登未雨亭。大江横露白，遠樹接天青。只可談風月，何須嘆梗萍。却忘攜斗酒，雅意負劉伶。

漁家

半世浮家泛宅中，老漁之樂樂融融。婦妝鬟掠秋波綠，客醉顔蒸晚照紅。風雨急時猶鼓枻，湖山勝處每收篷。白頭不學磻溪釣，世亂無人復夢熊。

得友書喜琴湘長教廳秘席

客邊歲月薄重陽，萬里書傳雁一行。綠水紅蓮新幕府，落霞孤鶩舊奚囊。干戈劫化驚初定，弦誦聲聞喜欲狂。遥識春風善噓拂，又看桃李蔚燕疆。

讀韓將軍碑

天假强胡可奈何，拼將熱血濺山河。勳銘峴首思羊叔，師敗壺頭吊伏波。如此國殤今有幾，未來邊患後仍多。千秋留得英靈在，應共豐珉永不磨。

九月初八日偶作

來鴻去雁爲誰忙，安得知交萃一堂。弱水東流懷渺渺，故園西望路茫茫。草欺客鬓争先白，菊厭侯門故不黄。别有邊城好風景，漫空晴雪迓重陽。

倦鳥

秋風吹入玉門關，一片緇塵道路間。見説琴樽開北海，喜聞絲竹起東山。索居久謝朋簪樂，薄宦曾嘗世網艱。到處弋人具矰繳，漫譏倦鳥昧知還。

遺珠

從容杯酒釋兵端，絡繹弓旌逮考槃。會見安車千里至，更開廣廈萬間寬。留賓每下陳蕃榻，入仕新彈貢禹冠。况是遺珠遍滄海，古人欺我謂才難。

寄慰某君

依然長揖傲王侯，客館今逢禮數優。入我彀中誠壯語，寄人籬下豈奇羞。厄窮自是書生分，知遇終爲國士酬。奚必圖形麟閣上，紅蓮緑水亦千秋。

滿札防俄陣亡將士公墓告成於十一月十七日行揭幕禮以詩吊之

碧血長埋白骨收，戰場回首起邊愁。男兒死耳知無憾，京觀巍然痛獨留。猿鶴沙蟲真一瞥，日星河嶽自千秋。香花供獻臨風拜，徒使英雄熱泪流。

聞北平重九大雪寄郭養田

重陽大雪莫稱奇，猶較胡天八月遲。玉宇瓊樓新世界，白衣蒼狗舊京師。誤將鄧尉尋梅事，寫入龍山落帽詩。遥識頻伽清興足，擁爐獨醉菊花巵。

再用前韵

一年回首戰雲收，兆域新開惹舊愁。許國已完袍澤願，防邊空説賈胡留。波濤嗚咽同江月，祠宇蒼凉孛苦秋。共祝英靈常不泯，在天呵護挽横流。

聞金州每年丁祭禮極隆重并邀集連濱寓公與祭感而賦此

春秋釋奠禮云亡，塞上依然俎豆香。聞道劫灰寒闕裡，豈真儒教播扶桑。邊疆日蹙哀封豕，古典猶存等餼羊。莫作乘桴浮海嘆，變夷變夏兩心傷。

札滿陣亡烈士公墓建成雪桐以感賦七絶八章見示敬步奉和

劫餘萬骨盡成灰，兆域經營重飾哀。薄海軍民齊下泪，魂兮曾否賦歸來！

一旅撐撐十萬師，重圍莫突救援遲。何嘗深入輕孤注，勢逼邊陲枕夏夷。

日光慘苦塞雲寒，無數豐碑次第看。旌義懷忠陳迹渺，國殤自古即稱難。
競薦香花復展犧，猶傳壯語記當時。裹尸馬革元無憾，耻見穌戎虎豹皮。
英靈不共此身亡，埋骨山丘土亦芳。無怪三軍爭效死，將軍大節凜睢陽。
男兒許國本天真，不負昂藏七尺身。莫到碧沙崗上望，累累多是閨墻人。
東下樓船計已空，怒濤白馬捲悲風。如今古諾河邊水，嗚咽哀聲接混同。
壇坫周旋戰已停，尚餘長恨掃羶腥。來年塚上萋萋草，永照千秋史册青。

琴湘來書以九月十九日補作重陽見索賦寄

故園松菊未全荒，絶塞勞人祇自傷。歲月真如駒過隙，夢魂時逐雁還鄉。苦吟興爲催租敗，垂老身仍作嫁忙。最羨擇廬珍舊約，偷閑一日補重陽。

玉裁社長以補重陽詩見示步和

松菊年來負舊盟，擇廬聞又集群英。憶從蓮社相酬唱，已歷桑田幾變更。我愧蒙莊爲物累，君真東野以詩鳴。窮邊離索無佳會，獵獵西風雪壓城。

送蔡清禪之察哈爾

荒邊幾度結詩盟，客裏何堪送客旌。汐社駒光真一瞥，陽關驪唱又三聲。清風朗月許元度，綠水紅蓮庾景行。重檢營川舊詩稿，黯然無限別離情。

一聞羔幣逮龍城，話別匆匆愧慰并。幸有文章留我讀，略無杯酒送君行。李陵臺古邊懷壯，王粲樓高客思清。遥識雲泉風景好，定多佳咏續嚶鳴。清禪在營口曾組有嚶鳴社。

紹卿兄被馬踢傷左股臥病醫院中賦詩四章見示謹用末首韵奉酬

末席叨陪雅讌開，姍姍頻望主人來。忽傳半路驅車返，未待終筵謝食回。厄閏預遭無妄疾，明日爲閏六月。行空羞説不羈才。塞翁禍福元難料，萬里騰驤志莫灰。

紹卿病中偶饋食品承以詩謝再用前韵

念君藥竈竟羅灰，默祝消灾幾日回。小榼偶從雨中送，蒸籠每向午前開。老妻久廢調羹事，傖婢無非執爨才。愧乏尖團霜蟹美，居然换得好詩來。

紹卿病中戒酒三用前韵寄呈

先生豪飲似淋灰，酒陣縱横大將才。醉後曾鞭金勒去，病中空盼白衣來。夢猶傷往哀潘岳，詩爲陶情擬次回。笑我十年同癩可，何時相對一樽開！

連日霪雨寄紹卿醫院

茂陵群識馬卿才，臥病江城正雨來。旅恨漸隨秋水長，愁眉不共宿雲開。泥深巷少回車轍，薪濕廚餘滅竈灰。絶似江南梅熟日，斷腸惱煞賀方回。

家祭 庚午十月一日

容聲隔絶歲三周，敬備粢醍泪已流。幸值王師初北定，堪嗟季子尚東游。誦詩未兆熊羆夢，争食徒貽雞鶩羞。岌岌一絲先業墜，藐躬此罪負山丘。

補和紹卿兄五十四歲初度元韵

黍谷陽回即是春，喜聞海内罷征塵。异鄉難得惟知己，亂世能全豈不辰。夢覺樊川終薄幸，詩宗開府自清新。瘡痍未復伊誰責，珍重當年作宰身。

歲月騷騷共墨磨，良辰又在客邊過。肩隨幸我三年少，足迹輸君萬里多。澤畔行吟懷正則，黔中簿宦訪涪皤。不文遲獻南山頌，補晉千觴意若何。

步雪桐人日元韵 辛未

當年入蜀鬢猶青，垂老投荒滯客星。吏部送窮原是戲，王孫媚竈亦無靈。休從里俗争存廢，且向天公問醉醒。回首草堂真一夢，游驂曾爲看花停。

伯明惠寄飛龍黄魚等物賦謝

珍貺來千里，光陰又歲闌。和羹調玉鼎，斫鱠薦金盤。不往慚非禮，居恒本素餐。權將雙鯉報，遥祝永平安。

寒詞

近報飆輪阻半途，遥聞畫舫泊西湖。邊城見慣猶驚道，四十年來此冷無。

一望長街氣象森，似烟似霧冪沉沉。午曦黯澹常疑曙，清雪紛霏却未陰。

安排暖閣憶秋天，墐户泥封備未然。無怪羲皇難夢見，不堪高卧北窗前。

室隅環繞炕三鋪，設竈中堂不築爐。火道溝通燃料省，敢拘古訓遠庖厨。

午夜鄰雞噤不鳴，醒看虛白室中生。原來雪滿庭階地，倒映承塵分外明。

玻璃幾面鏡奩開，重疊冰花孰剪裁。玉樹瓊葩新畫稿，莫教曉日上窗來。

枉説霜華重五更，嚴威畢竟在黎明。糧車絡繹東荒道，不憚霄征怯曉行。

凍澈衰顔似酒酣，少年猶怯老何堪。怪來風力砭人骨，萬突炊烟盡向南。

夙雪難消積幾層，朝朝蠟屐更扶藤。爲防失足行常緩，無地無時不戰競。

領高護頰帽齊眉，珠泪潸潸玉筯垂。恨乏武襄銅面具，封姨故故逞英雌。

信是堅冰日在鬚，吟詩未撚斷堪虞。入門似試探驪術，頷下紛披點點珠。

是誰靉靆錫嘉名，障翳多因暖氣迎。萬事本來雲過眼，看人何必太分明。

無怪家家緑螘浮，一杯足抵一重裘。胡兒嗜此尤如命，醉倒如天事亦休。

將士常懷挾纊恩，防邊萬馬黑雲屯。填胸忠憤忘皸瘃，似覺春風度玉門。

貧富從來患不均，朱門華屋暖於春。燕居狐貉都嫌厚，短服戎裝最適身。

胡旋妙舞曉方休，玉臂酥胸香汗流。那識路隅深夜裏，幾多餓殍待人收。

辛未清明登未雨亭

直無青可踏，扶病且登高。樓影護殘雪，車聲奔怒濤。久爲邊地客，消盡昔年豪。悔把羊裘典，春寒薄緼袍。

睡起

翦翦東風快似并，避寒鎮日掩柴荆。春深莫問花消息，病久微諳藥性情。愧未參禪師癩可，却能止酒學淵明。午窗睡足渾無事，淡粥醃虀抵大烹。

仲兄來書勸作平津之游賦呈

遥識垂垂白髮兄，曰嗟予季滯邊城。及身康健歸爲得，易地居游病自輕。亂世幸能全性命，衰年寧復計功名。舊都花事今年早，萬紫千紅待品評。

日日言歸便養痾，其如事與願違何。蘭摧桂折悲無補，玉潤冰清愧更多。環境密於蠶織繭，寄身苦似鳥投羅。近來[一]已與秋風約，八里臺南放棹歌。

[一]來，原误作「萊」。

游龍華寺

苦戰修羅二十年，惻聞盡被藕絲纏。眼前遍是泥黎獄，世上誰乘大願船。金胄倘知同桎梏，石韡早已證因緣。中原回首多京觀，抵否浮圖級萬千！

龍華寺聽某居士講經

盛會龍華二月天，俗人何幸許參禪。我頭未點頑於石，君舌猶存妙比蓮。前殿日娑旛影矗，虚堂風定磬聲圓。自儕林鶴池魚列，一結今身香火緣。

棣侄來書勸赴津養病答示

彈指光陰閲蟀鶊，去年三月曾還家一次。祇傷老大百無成。醫之難得如良相，病不勝防[一]似伏兵。白髮豈猶甘作嫁，青山尚未許歸耕。覆書遠慰殷勤問，秋以爲期返客旌。

[一]防，原误作「仿」。

吊庶侯

最後匆匆見一回，猶期後約話金臺。離群愈覺交情篤，問疾翻驚赴告來。三月烽烟心血盡，滿城桃李挽歌哀。要知窮死書生分，造物何曾故忌才。

紹卿以傷春詩見示奉步元韵

緑意模糊又餞春，天涯客子黯傷神。鶯花沉寂誰爲主？日月奔馳不貸人。案積簿書調護悶，囊收詩句慰安貧。笑予近未彈長鋏，入饌江魚白似銀。

望治 五月五日慶祝國民會議

聞説群賢萃上京，饕軒萬姓沸歡聲。修文且喜干戈戢，復旦重瞻日月明。安用大風歌猛士，共期霖雨被蒼生。平章國事諸公責，無負垓埏望治情。

乍暖

一春枯寂以風鳴，乍暖園林喜氣迎。愛鳥心如求友切，脱裘身似去官輕。平原草色微黏屐，深巷簫聲競賣餳。回首故鄉轉惆悵，落紅已盡緑陰成。

三疊紹卿傷春韵

絶無烟景召陽春，那有文章泣鬼神。澤畔行吟哀楚客，郢中奏曲愧巴人。心勞始覺閑爲福，謀拙終慚仕亦貧。一路好花待誰種，祝君指顧綰青銀。

哭蔭階兄 辛未三月二十一日

九十韶光十九過，一場春夢了沉疴。故交零落晨星少，老境侵尋夕照矬。華表應歸丁令鶴，蓉城恍見曼卿騾。江干蕭寺黄昏候，獨撫桐棺泪兩沱。

春殘

春殘無處拾詩材，日黯風黄積硯埃。不慣干人希友諒，每慵作答怕書來。邊愁漸逐蘼蕪長，鄉訊遥聞芍藥開。回憶去年行役苦，賣花聲裡過豐臺。

辛未正月初十日樸侄在青岡舉一男三月懋侄在卜寓亦舉一子喜賦并呈仲哥

廿年不賦弄璋詩，門祚衰微劇可悲。近報竹林見雛筍，老看桐樹長孫枝。异鄉湯餅連番會，他日塤壎篪次第吹。更喜白頭兄弟健，往來兩地賀書馳。

雨中閑步

蔽日狂風晝作陰，一天微雨滌塵襟。饔飧罷後宜行飯，案牘勞中不廢吟。濕重任教巾角墊，步遲漸覺屐痕深。禽魚花草皆歡喜，即是蒼生望澤心。

四月初二日爲大先兄周年

鴒原抱痛已經年，悵望天涯倍泫然。兩弟風塵余白髪，故鄉師友幾黄泉。慰情幸有孫繩武，學仕深期子象賢。一事傷心不忍説，眼看滄海變磽田。

仲哥由津赴平看牡丹至已花事闌姍矣來書示及感賦

舊都幾日駐游鞍，半爲偷閑看牡丹。坐誤芳時真負負，多緣俗事故姍姍。惜春客子肩雙聳，流水年華指一彈。富貴本來草頭露，不關風雨苦摧殘。

讀程公碑感賦 在倉西公園

負手觀碑立曉風，草亭低覆緑陰中。有人涕泪思羊叔，當日威名媿令公。繡佛長齋終恨晚，建牙開府晌成空。江南半壁關全局，一任千秋論罪功。

王輔臣墓 在倉西望江樓側

當年長揖傲公卿，今剩荒丘蔓草縈。馬援壯懷酬裹革，伍員遺恨矢懸睛。主和主戰終無補，論迹論心自有評。咫尺將軍祠宇在，江聲似作不平鳴。

黄牡丹 答筱泉

黄金買得好春光，舊裔相傳出洛陽。却笑菊花甘晚節，詎容桂子僭天香。瑶臺月淡新塗額，禁苑春濃幾斷腸。魏紫輕紅臣妾耳，一齊俯首拜真王。禁苑黄，陸游《牡丹譜》：「禁苑黄，蓋姚黄之别品也，其花閑淡高秀，不亞姚黄。」「午夜朦朧淡月黄」（蘇詩），「漢宫嬌額半塗黄」（王安石詩），「一朵官黄微拂掠，輕紅魏紫不須看」（蘇詩），「姚花真可爲王，魏乃後耳」（《群芳譜》）。

綠牡丹

游人時駐碧油車，泛蟻來看第一花。影照春波搖畫檻，香凝曉露上窗紗。倚妝漫擬趙飛燕，修譜應偕蕚綠華。掩映未央宮外柳，不知國色屬楊家。

三疊從周前韵

憶昔追陪渤海陬，何期朔徼賦重游。輸君買醉樽常滿，老我傭書筆未投。報國健兒空有家，籌邊節度已無樓。餞春對雪增惆悵，人與青山兩白頭。呼倫立夏日大雪。

籠鳥嘆

敢妒鵬程九萬摶，鷦鷯猶借一枝安。欲飛不得蟲粘網，同病相憐獸在欄。身世有誰傷局促，羽毛終久任摧殘。當年枉詡凌雲概，已入樊籠出便難。

籠鳥慰

倦飛何處可身安，便覺雕籢天地寬。長價無殊賓入幕，驚人爭似將登壇。敢云枳棘棲鸞鳳，莫向風塵刷羽翰。寄語枝頭舊朋友，朝朝記取避金丸。

丁香

丁香花折兩三枝，清水銅瓶供養之。喜看紫雲鋪几席，静聞香雪沁心脾。人羈絶塞鬖鬖老，天惜韶光故故遲。休説法源好風景，吟朋散盡緑陰垂。

連日見民報維揚先生組字插畫筆畫妥帖畫法生動偶賦一章以志景佩

躍躍毫顛神妙俱，我書意造法原無。似題黄絹外孫句，如拆天吴紫鳳圖。錯認字休疑杕杜，翻新様不襲葫蘆。推敲最耐人尋味，紙價從今貴洛都。興至揮毫日課餘，閑中聊以博軒渠。一經點綴成丘壑，幾度思量辨豕魚。生面别開何慘淡，會心不遠莫躊躇。西橋西去無多路，應有人停問字車。

西橋 五月六日

去去西橋野興多，江干五月似清和。牧童枕笛眠青塚，漁子收綸補緑蓑。漸喜音塵遠城市，願將弦誦化鐃歌。獨行莫漫悲凉踽，横掠沙洲一鷺過。

江水暴漲 五月七日

游人似蟻步堤莎，西望汪洋千頃波。江闊估船移市近，岸低渡艇傍橋多。恨無精衛填滄海，誰吊靈均葬汨羅。穀賤年來農已病，那堪霪雨再滂沱。

病瘦

客衣近復減腰圍，面骨岧岧鬢髮稀。臣朔本來飢欲死，維摩况與病相依。乍逢故友勞垂問，每得家書促早歸。如踐西風三徑約，黄花應愧比人肥。

新七夕

燭影摇摇透碧紗，横空銀浦未西斜。先秋忽報佳期至，行夏方嗟暦[一]日差。却笑天孫慵織錦，料應漢使待乘揸[二]。牽牛頗似知時節，故綻籬邊三兩花。

[一]暦，原誤作「歷」。

[二]揸，《黑水叢書》作「槎」，當從。

寄斗如北平

舊京風景近如何？雨後炎熇退已多。支竈西山鬬奇茗，艤舟北海亂高荷。書生帷幄仍籌筆，壯士疆埸又枕戈。一事傲君堪寄語，江城六月似清和。

水落

晚晴散步任東西，海粟亭邊一拄藜。汲水岸高虞綆短，載薪船重見帆低。沙洲幾處隆鼉背，塗淖依然陷馬蹄。眼底亦增谷陵感，浮沉原自等鳧鷖。

述夢

二十年來別虎丘，昨宵有夢續清游。胥濤帶怒聲猶壯，貞墓埋香景更幽。大好河山餘劫火，無情風雨入扁舟。可憐枉説生公法，頑石而今不點頭。

送郭普泉兄歸里

陽關微雨浥輕塵，同是天涯薄宦身。客裏那堪仍送客，人前耻説尚依人。相逢恨晚況云別，欲贈無言惟愴神。後會茫茫果何日，到家只望寄書頻。

絶塞論交十五年，忽聞驪唱倍潸[一]然。重來笑我仍彈鋏，此去輸君先著鞭。握手岐亭雙白髮，壓裝長物一青氈。敝裘衣錦渾閑事，身健還鄉即是仙。

[一] 潸，原誤作「潛」。

硯田

槖筆無聊竄遠荒，硯田差幸卜豐穰。豈知今歲逢灾歉，况值頻年鮮蓋藏。貧不賣書留自讀，老猶壓綫爲人忙。春衣已换供家米，著意西風又漸凉。

草亭 農林試驗場

弱柳高槐蔭四圍，回欄獨倚斂烟霏。鈎輈休鳥迎風脆，張王園蔬著雨肥。日上似窺人把卷，秋來又促客添衣。燕南趙北創夷遍，豈戀亭池故不歸。

吾儒

窮故吾儒分所宜，衣奔食走又奚爲？有臺莫避應償債，無米難温已冷炊。盡典衣仍呼换酒，偶傾囊祇剩投詩。棲身何必尋衡泌，隨地隨時賦樂飢。

炎凉

晝間苦熱夜深秋，氣候邊城信不侔。静坐頻揮班女扇，垂綸旋著子陵裘。瓊樓玉宇歌方起，雪藕調冰興未休。太息炎凉一何速，天猶如此莫人尤。

朱顔

舊游曾擬竹林賢，遺著摩挲兩泫然。九日詩筵歸幻夢，十年暮草鎖荒烟。壬戌由江回津，重九隨先俊甫伯入城南詩社，是日嚴範老有詩云：「數較七賢增一倍，就中妙續竹林游。」自注：「坐有馮俊甫、問田叔侄。」次年正月先伯即逝世，己巳範老亦歸道山。耽吟未解承衣鉢，學畫遑論換酒錢。先伯工畫，晚年家居，自訂潤格題句有云：「而今剩有生花筆，留與知音換酒錢。」并自名齋爲「換酒錢齋」。祇嘆龍沙前度客，朱顔今已感華顛。範老詩并云：「去官秦嶺兼龍塞，隔坐朱顔對白頭。」原注：「俊甫辛秦中，國變身退，問田知龍江海倫事，近亦告歸。坐中俊甫最長，問田最少。」

寄示植侄德南之海岱山十首

西風鼈古雁來初，銜到松濱一紙書。説是辦裝少留滯，出疆明日發征車。

隻身念汝涉重瀛，傻指頻頻計日程。未卜行蹤果何處，幾番問訊到春明。

异域書還抵萬金，開緘差慰老夫心。此行不爲緇塵涴，更避煩囂出柏林。
碧睛虯髮日相親，新籍窮研費討論。欲問少年同學裏，幾多舊裔溯軒轅。
千年古物任摩挲，寥落行宫嘆喟多。故國久興禾黍感，不堪回首問銅駝。
百川匯合歸滄海，五嶽尊崇屬岱宗。願汝乘風破浪去，立身常在最高峰。
有書不厭百回讀，復有名山日日游。二者得兼誰似汝，此生清福幾生修。
一路河山眼底馳，紀游册子墨淋漓。願將所歷佳風景，半入詩囊半譜詞。
風物人情事事殊，海邦氣候究何如？課餘更作何消遣，望再來書一告余。
半生憂患自長嘆，老去依人愧素餐。寄慰阿咸無别語，近中家室悉平安。

寄示承棣天津

夢隨歸雁落津沽，策策西風下井梧。幕府光陰等閑度，詩壇消息奈何無。於菟在昔曾稱小，凡鳥而今不若雛。附驥城南斯願足，愧人錯以世家呼。

跋

嗚呼！此亡弟問田之遺稿也。吾弟宦游南北垂三十年，癸酉夏卒於舊都。身後蕭然，所遺者僅此詩稿一巨册、《津門竹枝詞》三百首，爲其一生所嘔之心血，若不及時刊印，難免日久遺奪。甲戌春，余之北平，弟婦亦汲汲謀付剞劂，與余意適相合。竊思問田平生交友篤誠，其爲詩每流露於字裏行間。印成分送友好，庶遂其真實血性之忱。余弟九泉有知，當亦心許。校讎既竟，攬涕書之於後。

民國二十三年六月文澍

丙寅天津竹枝詞

辰芬篆刻

序

天津爲通商巨埠，自庚子以後，城市變遷，風俗人心亦迴非昔比。嘗讀汪西顥《津門雜事詩》，輒欲效其體而爲之，以記其事。因循未果十餘年，每以爲憾。今夏馮問田先生出示所撰《丙寅天津竹枝詞》，囑爲校正。展誦一過，覺曩之所欲言而未獲言者，靡不先我言之。且於風俗習尚、閭巷瑣屑之事，尤殷致意。莊諧備至，令人解頤。吾知此編一出，不獨采風問俗，有所裨助。即欲觀世道人心之升降之原，亦未嘗不可作爲龜鑒矣，奚得以詩詞小道目之耶？今將付手民，謹書數語，以弁簡端，用志欣羡而已。

丁卯中秋既望晴皋李鶴鳴識於愧廬

序

馮君問田，有道士也，居恒喜爲詩以自娱。其先爲津邑望族，遷涿郡數世矣。初未相識，民國十一年，馮君歸自龍江，佐省幕，始獲面竟談，恨相遇之晚。越三年，馮君出宰外邑，余仍守津門，旋馮君解組歸，復相過從。時以津門瑣事詢，蓋未忘情於故鄉，而以余生於斯、居於斯、食於斯，或能爲道其詳也。今讀其所著《竹枝詞》，乃竟得知所未知、所未聞，深愧前所告者簡且陋。以多問寡，馮君何讓焉！昔錢塘汪西顥先生著《津門雜事詩》百首，去今百餘年，遺風幾歇矣。馮君獨賡前賢絶調，舉風俗之轉移、道里之變遷、人事之消長，胥納其中，俾一邑風物永著而不泯小道云乎哉。謹志數言弁其首。

中華民國戊辰二月上澣嚴侗臺孫甫謹序

序

民國丙寅，問田有《天津竹枝詞》之作，時余方主漢文《泰晤士報》筆政，因爲刊之附張。麗句清詞，一時傳頌。夫竹枝自有體別，非可苟延殘喘焉。捉筆問田於詩之各題無所不窺，此一班可之知全豹。憶辛酉夏，令叔俊甫與嚴範孫、趙幼梅及余結社城南，昕夕過從，唱酬至愜。惜翌歲遽歸道山，後甫詩畫俱工，而問田清才，亦誠不愧家駒之譽。以視漢之廣受、晋之籍咸，安見古今人不相及也！頃問田以此詞另刊單行本，問序於余，因贅數言以志余與賢竹林論交之雅。

壬申春莫南海子通吴壽賢

序

政教風俗之損益因革、隆污良窳，罔弗與邦國民族有關。存心世道者，旁搜博采，纂要鈎玄，成一家言，取材無論爲政教爲風俗，而昭往詔來，莫之有异。史官謹嚴，詩人婉約，勸懲規諷，并準繩墨，其爲旨正亦相等。宣聖删「葩詩」、作《春秋》，益可恍然。方今運會艱屯，人心偷敝，措於治者若何，姑置勿論；識時之士鑒於社會新潮流之摩蕩漸染。去治日遠，通都大邑，日益加甚。禮既失之野，求不堪其何能淑載胥及溺，安得不引爲深憂，凜凜滋懼，然而坐任狂瀾，奚其有正，指南失針，奚以挽引！

天津綰華北商業樞紐，邇以市局影響變化尤速，匪惟采風問俗者之所重視，求其趨嚮、察其得失，抑亦足以窺見政教進退之所自。培旅津既久，蓄志已夙，第以半生光陰，多消磨於鬻文生涯，散漫成性，愧不能爲。得問田兄《丙寅天津竹枝詞》而讀之，大如形勢之沿革、掌故之流傳，小如風俗之變遷、民情之推移，以至於尋常日用之細、衣服飲食之微，凡合於風人之旨者，網絡靡遺，并經鎔冶，復加之以抉剔，繼之以審擇，乃傾筐倒篋而出，如列郇厨，如數家珍，任嘗一臠，足快朵頤。竹枝，詞之别體也，滋味不同，裁製斯殊，於市井里巷、時尚俗嗜，弗辭瑣屑，被之吟咏，莊言諧語各异，聲容意趣環生，耐人咀嚼，所以垂戒者至深，而感人於微小，尤見宗承。斷自丙寅，事以比屬，不容牽混也。無偏無頗，不激不隨，可作譎諫。觀詩史讀籍曰記事之珠、問津之源，僅供探索，得毋見隘。若夫運筆敷藻之工，神采音韵之茂，知音能道，勿俟贅語。爰亟慫慂付梓，俾國人同快先睹，并書所見於卷端以歸之。

丁卯小陽宛平郭心培養田氏序

序

洵，津人，生於涿。年十八始一至津，是年太歲在丁酉。及甲辰、丁未間，肄業津校。孜孜課程，殊鮮交際，此後奔走四方者垂十五年。其間惟壬子歲屢至津，至亦未遑久處，蓋故鄉幾如异鄉，鄉里習俗、情狀殊茫然也。壬戌秋，攜眷來津，居既久，得與族黨姻婭及邦人長者游。凡桑梓風土、閭巷瑣屑，耳目所及，日有積累，閑居無事，因成竹枝詞若干章。雖脱陋粗疏在所難免，街談巷議固亦采風者所不棄也。詞成丙寅，事限津埠，故名《丙寅天津竹枝詞》，儻博大雅君子之一粲乎？

丁卯六月自序

題詞

紫簫聲館天津竹枝詞題詞

瀛南蘇耀宗孟賓

浣溪沙

十載乘槎沂析津，海天風物逐番新，劫灰盡化軟紅塵。得鹿誰醒蕉底夢，驚鴻難寫鏡中春，浩歌一曲一傷神。

題詩

問田社長以所著丙寅天津竹枝詞見示敬題其後

張同書玉裁

樓桑村外偶追思，老大何如總角時。往事尚留明月在，此心惟有白雲知。龍江風雪吟何苦，蜃市樓臺閱已疲。別有襟懷誰識得，棄官來賦竹枝詞。

《毛詩》三百半言情，今讀君詩數已盈。夢得素工新樂府，淵明何惜舊簪纓。解頤自有匡能說，接淅微聞孔欲行。吾輩尚餘文字癖，何嘗洛社一尋盟。

問田社長以丙寅竹枝詞相示戲題俚句并希哂政

張念祖芍暉

征塵十載逐雲津，問俗頻番記不真。公是主人蒙是客，繪聲端賴老鄉親。

喪祭婚姻里巷談，歲時避忌盡尋探。跳龍詞筆南針指，不必眠羊作指南。甘眠羊君著《天津指南》已出版。

故事搜羅已大難，況將字字費吟安。本來一件尋常事，寫入毫斷便耐看。

艷說當年風味高，姚包孫餃穆魚熬。我來也晚頤難朵，開卷流涎此老饕。

花月陶情我信無，蒲樗更戒牧猪奴。偏將嫖賭供吟咏，撮活連臺打十湖。

憾絶山妻滯里門，羡君雙宿歷朝昏。且將冰淇淋同吃，試看何人是有根。「昨宵未預乘凉約，勿吃香蕉冰淇淋」，詩中句也，用以相戲。「有根」，津諺也。

摩脱車隨警棍驅，洋車打駐喊通衢。個中情景忘描寫，未免車夫太向隅。

懸志重修歷歲時，故鄉風俗半聞知。會將依樣葫蘆畫，也向昌黎唱竹枝。余方充昌黎縣志局監修。

問田社長出示丙寅天津竹枝詞洪纖畢舉直是鄉土小史讀之增我聞見因繫以詩録呈粲政

金以庚純之

銅印心違唱竹枝，辭官歸里有餘思。倘教禮失求諸野，此是他年考訂資。

史材景範方輿記，郡國亭林利病書。抗志古人期化俗，不同莊老涉玄虛。

前題徐集後題周，鐵甕明湖各紀游。吾蘇學博徐公亮著有《金陵竹枝詞》百二十首，亡友周實丹著有《西湖竹枝詞》百六十首，皆經余題詞，猶能憶之。畢竟兩公輸一著，未能巨細事兼收。

拈來信手如珠串，數敵「葩經」三百篇。寄與津門音樂社，好將詩史入歌絃。

丙寅天津竹枝詞

建制

曩隸漁陽舊版圖，角飛城即古漂榆。明初置衛今商埠，水陸交通今轉樞。

天津在前漢時屬幽州漁陽郡，爲泉州縣。角飛城即漂榆故城，在天津府東。明永樂年置衛，清雍正三年改衛爲州，九年設府，改州爲縣。咸豐十年始辟租界，輪軌交通，行旅称便。

城門

出城一望幾悲嘆，剩有周圍馬路寬。不見崇垣森百雉，前朝空詡「賽淮安」。

縣城明永樂間築，時稱「賽淮安」。城周九里十三步，舊有城門四：東曰鎮東，南曰定南，西曰安西，北曰拱北。清雍正年重修，遂改城門名稱曰鎮海，曰歸極，曰衛安，曰帶河。光緒庚子，拳匪之役，廢四圍城墻，改爲馬路。

鼓樓

衹有鐘鳴無鼓鳴，時人竟誤鼓樓名。如今誰喚繁華夢，早晚不聞百八聲。

鼓樓居城中央，四面穿心通四大街。庚子年闢四周爲馬路，本年（即丙寅，下仿此）重新修葺，樓上懸大鐘。從前早晚城門啓閉以鐘鳴爲準。邑人梅小樹曾有聯云：「高敞快登臨，看七十二沽往來帆影；繁華誰喚醒，聽一百八杵早晚鐘聲。」自庚子後，此鐘不復撞矣。

萬國橋

萬國長橋跨海河，商廛比櫛外僑多。自經參戰收租界，特别區添德奥俄。

自三叉口至大沽口長一百二十里爲海河。萬國橋俗呼「法國大橋」。德、奥租界民國六年收回，俄租界民九收回，改爲特别一、二、三區。

西開南開

高築圍墻禦水災，人烟日密斬蒿萊。西開已自成村市，又接南開闢廣開。

城西南有老圍子墻、新圍子墻各一道。新西開、老西開即馬家樓、法國教堂一帶。

當初因法國推廣租界，侵占界外之地，士紳力爭無效。南開在城西南，廣開在南開西，辟地築房，住户日增。

大河淀筐兒港

霪潦連年患夏秋，尾閭蓄泄策兼籌。大河淀與筐兒港，水勢汪洋入曲流。

大河淀、筐兒港，皆爲蓄泄積水之處，同入七里海。大河淀即塌河淀，筐兒港在北運河，七里海又名「曲流海」。

大沽口

子午潮仍應候來，大沽門户已全開。逆河碣石難參考，廢址蒼凉吊炮臺。

天津爲逆河入海之道，考據家紛紛聚訟，莫能指定。大沽口在縣東南一百二十里，土人謂之「海門港」，内有炮臺五，庚子後盡拆毁。

畿南諸河

笱溝水即古雍奴，入海争看萬派趨。天險孤懸三女砦，泥沽近接小南湖。

津地瀕海，畿南諸河東趨歸之，俗謂「九河下梢」。雍奴水即三角淀，在武清縣南，會於直沽入海，一名「笥溝水」。三女砦在直沽海口。泥姑砦即小直沽。小南河在小直沽南十里，今訛呼爲「小南湖」。

單街

風雨驚人激怒瀧，苦心護岸築梅樁。河流古道今闤闠，盍把單街改號雙。

估衣街東頭北臨河岸，故曰單街，即半邊街之意也。從前該處口岸恒慮崩潰，陳文恭公曾於岸下釘巨樁數層，參差錯落，謂之「梅花樁」。自河道裁彎取直，河身墊平，起建商廛，兩面對峙，非復舊日單街之景象矣。

桃花寺杏花村

桃花寺外有桃花，杏花村中無酒家。昔日山丘盡華屋，東西莫辨兩窑窪。

桃花寺在西沽北，杏花村在招商局碼頭下。東窑窪、西窑窪即河北審判廳後及迤西一帶。

總督衙門

不見行宫幸翠華，森嚴節署建高牙。老翁每喜讀前事，望柳軒中曾品茶。

現今省長公署初爲淮軍公所，繼改行宫，以備德宗及太后幸臨閲海軍之用。袁項城督直，改爲總督衙門，俗呼爲「院衙門」。望柳軒茶館在今新浮橋大街西河沿。

省署火災

莊嚴節府忽遭灾，輪奐重新信美哉。舊署不堪一回首，棟梁摧拉瓦成堆。

本年五月，省署忽遭回禄，旋即鳩工庀材，重行修建。舊院署在大胡同西，李文忠督直時所居。現經官家變賣，已成瓦礫場矣。

截彎取直

黄金填滿廢河身，巨萬曾聞買宅鄰。今日適成霄壤判，增人感慨海生塵。

河流取直，金華擠下（即老鐵橋）之河身填平。大胡同南首之地，價每畝在六萬元以上，河北房地各價，數年來亦日增月長。至民十三後，無人購置，亦無價值之標準矣。

租界地價

租界街基價培騰，房金移轉即加增。更多闊老營三窟，土木工程日日興。

日租界地皮，每畝由萬元增至萬兩，法、英租界約須二萬元左右，其他租界亦奇漲。各租界空地及墻子河外荒曠之地，處處起蓋房間，舊日平房已漸改建樓房。工料日昂一日，以致灰石磚瓦等類求過於供，非一年前預約不可。

英租界房價

寸地休誇值千金，盛衰消長繫人心。忽然買賣聲沉寂，爲鑒前車漢與潯。

英租界地基、房産其價向較各界爲昂，自本年漢口、九江發生問題後，竟無人過問矣。

呂彭城

屯兵猶憶呂彭城，豆子䴚邊賊屢平。自古即爲争戰地，頻年無怪鼓鼙聲。

呂彭城在城西北二十五里，相傳呂布、彭越屯兵之地。豆子䴚即咸水沽，隋大業七年劉霸道聚衆於此，又大業十二年賊帥格謙據豆子䴚稱燕王，王世充擊斬之。

挂甲寺

古寺名因挂甲傳，修文偃武憶前賢。禾風烟樹留佳景，不見王師賦凱旋。

挂甲寺在城東南十三里，古名慶國寺。相傳唐尉遲公凱兵過此，挂甲於寺。津門八景曰：拱北遥岑、鎮東晴旭、安西烟樹、定南禾風、吴梗萬艘、天驥連營、百沽平潮、海門夜月。

如是庵

將軍虎節駐精藍，三字顔題如是庵。一片貞珉何處是，空聞報國有奇男。

明周將軍遇吉曾寓津某寺，爲寺僧書「如是庵」三字，僧勒石嵌諸楣，後寺圮廢。至嘉慶年間，蔣雄甫又得此石於郊外廢寺階石間，款識宛然，爰移嵌於城西廟壁，現又無存。

費家胡同

報主心堅悍賊除，芳名猶認舊時居。詩歌傳跋雖争誦，通俗仍編子弟書。

城内古樓東費家胡同爲明費宫人故里，清陸次雲爲之傳，袁枚有《費宫人刺虎歌》，邑人詩跋甚多。近復編《刺虎》子弟書，星期報社發售。

柳墅行宮

柳墅鑾輿幾度臨，臥松雲拜聖恩深。讓皇猶自頒宸藻，俯仰興亡感昔今。

柳墅行宮在南門外海河東。清聖祖巡幸天津時，幸乾清宮五廠總督王之俊宅，賜臥松雲匾。又高宗屢次蹕臨。現清遜帝在津仍時有頒賜舊臣匾聯之事。

皇船塢

塢已無船傍水涯，凄涼驛路感皇華。更憐幾畝龍亭地，今屬尋常百姓家。

皇船塢在海關對過河東岸，即武備學堂地址，今爲俄國花園。皇華亭在北門外。龍亭即萬壽亭，在城内，今已變賣。

南漕運道

軍粮民食仰南漕，吴郡香秔下萬艘。海運亦停河運廢，空尋遺址問倉廒。

南漕運道由河由海隨時改變，河道由南運河經山東至津，海運自吴淞口放洋轉烟臺至津，清末漕運廢止。城北十八里地名北倉，有倉廒二百四十間，又城東南五里梁家園有倉廒一百八間，又城内江蘇會館亦倉廒舊地址。

紫竹林

勝迹來游紫竹林，相傳古刹供觀音。市場商會名猶在，梵宇不知何處尋。

紫竹林在法租界，廟已拆毁，惟紫竹林華商公會名尚存在。又天祥商場招牌上猶大書「紫竹林」三字。

鄉祠壁書

書題粉壁筆如椽，二百年來墨色鮮。可笑當年人去後，姓胡錯認作狐仙。

清乾隆年間城内鄉祠東西壁上有人用竹竿繫敝帚書「進德修業」四大字，署名「胡御璣」，書畢他去，當時傳爲仙人所書。

大悲院

大悲禪院倚斜曛，秀水來游記以文。今有烟筒高百尺，薰天銅臭不堪聞。

大悲院在河北窑窪，朱竹垞曾爲文記之。後改兵營，現爲銅元廠、鐵工廠。

鈴鐺閣

鈴鐺閣上弄鈴聲，書院相沿稽古名。痛惜藏經付一炬，舊觀盡改建新黌。

城西北有稽古寺，内建鈴鐺閣，藏經甚多。後被焚，改爲稽古書院，現爲省立第一中學校。

北大關

天津關與匾俱亡，一戰紅巾已可傷。大慧力傳喬耿甫，更憐神迹落扶桑。

北門外茶棚庵懸有「大慧力」三字匾一方，爲邑人喬耿甫所書，筆法神妙，呼爲神匾。又天津稅關在北大關，有「天津關」三字匾一方，字體亦佳。均於庚子之役被日本人運去。

三角淀海光寺蜃景

樓臺蜃市本荒唐，真是曇花現一場。三角塌河空有淀，海光經過幾滄桑。

三角淀界天津、武清兩縣，或云是舊城，陰晦之夕，漁人多見城堞市里人物填集。

塌河淀在城東北四十里，俗傳前代塌陷爲淀，每遇陰晦亦時現城池之形。海光寺在城南五里，相傳清同光年間，春曉氣清，恒於水光中隱約現有空中樓閣，現爲日本兵營，復建新海光寺於舊寺之南。

謝公祠

視死如歸痛謝公，巍然祠宇表雙忠。記聞賽會重三日，勝似蟠桃福壽宫。

福壽宫在西門外，從前年年作蟠桃會。謝公祠在城南驢市口，祠内并祀佟都統，故顔曰「雙忠」，亦於三月三日賽會。謝名子澄，蜀人，天津知縣，謚忠愍。佟名鑒，同於咸豐三年粵逆犯津時，在獨流鎮陣亡。

烈女墓

荒亭别蘚讀碑文，憑吊城西尚有墳。四烈婦同雙烈女，後先輝映永流芬。

烈女墓在城西，爲陳、諸、裘、丁四烈婦之塋，俗呼「烈女墳」。又前數年南皮張氏有二女，因人賴婚，訟又不直，均仰藥死，河北公園有雙烈女碑亭。

聶公祠

神拳禍國損王師，痛煞將軍革裹尸。戰骨已塵碑尚在，傷心重謁聶公祠。

聶忠愍公士成，庚子之亂戰歿於八里臺，立碑於該處。聶公祠在河北三條石後。

李公祠

衙東殘碣委蒿蓬，廢宇名存萬壽宮。映水樓臺消夏便，前朝故事話文忠。

天津有李公祠三：一在河北鹽院署東，祀明天津督餉總督李長庚，今廢。一在馬頭東街南，祀明天津巡撫李繼貞，後改爲萬壽宮。一即現在河北省公署西，清直隸總督李文忠公鴻章祠也。萬壽宮在估衣街。

演武場

彎弓盤馬鼓笳鳴，演武場前昔閲兵。射圃年來亦荒廢，從今君子更無爭。

演武場在城西三里，昔爲營鎮較射之地，早廢。射圃在公園，近亦拆毁。

藍田

新秧刺水緑如簝，百頃良田舊姓藍。待到登場紅穲稏，風光絶似小江南。

藍田在城南五里，爲清總兵藍理所開水田，土人號爲「小江南」。

錦衣衛橋

錦衣橋枕廢河湄，柳岸誰來理釣綸。疑是金吾名復舊，夜來處處禁行人。

錦衣衛橋舊名金吾橋，柳陰數里，昔爲游釣之所，今剩土橋一座，風景全無。又近年河北一帶時行戒嚴。

製造局

東南兩局久無聲，遷地仍推製造精。武備水師誰創設，苦心爲周蔚干城。

機器局即製造局，東局在大直沽東北，南局在城南海光寺，製造火藥及各種軍械，每日上工息工，以汽管放氣爲號。庚子後兩局改爲俄、日兵營，機器遷往德縣。武備學堂在杏花村，水師學堂附於東局内，將材輩出，今已爲陳迹矣。

金湯橋

東浮橋改築金湯，一片人聲菜市長。清早開關須竚候，袷衣吹浸水風涼。

法國橋及金鋼、金湯等橋，每日定有時間用機輪將橋身旋轉或竪立，以便放行來往船隻，謂之開關。金湯橋河沿每早有菜市。

曉市

樂壺洞後估船通，轉過長街百貨叢。糖果乾鮮供購取，人歸曉市日初紅。

曉市自北門大街轉估衣街至單街口，百貨堆積，價亦較廉，日出後即散。

年貨

臘鼓鼕鼕聒市闤，攤床年貨積如山。肩摩轂擊生涯好，宮北宮南北大關。

每值臘月，宮南北及北大關一帶店鋪門前隙地，有小本商販設攏攤床，售賣香燭、紙錁及過年應用之用品、食品，均謂之年貨。

寫春聯

一生困頓老青氈，磨墨光陰又到年。風過街頭寒澈骨，吮毫炙硯寫春聯。

踏歲

縱横滿院撒麻秸，迎喜凌晨下玉階。踏歲不知誰作俑，致儂刺破鳳頭鞋。

除夕滿院遍撒芝麻秸，謂之踏歲。元旦婦女俱迎喜神。

鼓樓燒香

辭歲迎年一夜熬，燒香早起好登高。鼓樓可攬全城景，老幼扶持不憚勞。

元旦日，老幼婦女多上鼓樓燒香。

天后宫

稱體衣裁一色紅，滿頭花插顫綾絨。手提新買金魚缽，知是來從天后宫。

天后宫即娘娘宫。元旦日，小家婦女或妓女前往燒香，衣服多著紅色。

祀財神

一聲進水進柴來，初二家家競祀財。爲祝年年常進寶，硬呼侍者是□□。

新正初二黎明時，賣水者必持柴一束入門，大呼「進柴進水」以取吉利，因柴與財音同也。是日祀財神，供雞、魚、羊。

立春

日曆官場改用新，東郊不復祀芒神。一盤春柳晨餐薦，始識今朝正立春。

雞蛋攤成薄皮，切成絲，以春韭泮而食之，爲春柳，立春日食。

破五

新正婦女忌偏多，生米連朝不下鍋。杯盌捧持須謹慎，小心破五未曾過。

元旦至初五不許生米爲炊，并不得損壞物什，謂之忌破五。

上元

年年燈鬧上元春，曼衍魚龍百戲陳。昨向估衣街上過，一輪皓月照行人。

元宵節，估衣街及宮南北商家例辦燈彩，或耍龍燈，或敲鑼鼓，本年獨無。

走百病

窄窄弓鞵步步嬌，銀花火樹過元宵。出門不爲尋親友，一走能將百病消。

正月十六日，婦女在街游行，謂之「走百病」。

龍抬頭

俗尚原無理可推，人情太半爲求財。穀糠未引錢龍至，鼠蝟先馱寶藏來。

正月十四日，用麵蒸作老鼠、刺猬等狀，背馱元寶，置户樞上端，面向外。十五日面移向裏。二月初二日謂之龍抬頭，以谷糠引錢龍至家。

填倉

光陰容易過填倉，紙剪金雞供太陽。糖餅團圓煎餅薄，家家煎粉佐壺觴。

正月二十五日，羅灰於地，作囤形，謂之「打囤」。中置米穀或銀錢，謂之「填倉」。二月初一日，剪紅紙爲雞，貼豆腐上，并烙糖餅以供太陽。初二日吃薄餅或煎粉，煎粉俗稱「燜子」。

清明

掃墓騾車出野坰，清明一雨洗塵冥。再過十日逢春禊，墻子河邊約踏青。

下鄉掃墓仍有坐騾車者，本年二月二十三日清明。

龍華會

勝會龍華四月天，門前捨豆俗相沿。待逢臘八仍施粥，念佛聲聲再結緣。

四月初八日，以蠶豆飼行人，曰「結緣」。十二月初八日作佛會，亦捨豆，先於夜間跪佛前，每捻一豆念佛一聲，曰「結緣豆」，并施臘八粥於行人。

端陽

下弸收拾繡鴛鴦，節近天中分外忙。五色絲懸長命縷，葫蘆樣檢女兒箱。

端陽日，門首均貼葫蘆，用紅紙剪成，雕鏤精細。長命縷俗呼爲「老虎搭拉」。

端陽抹雄黄

門懸蒲艾飾端陽，九子盤堆角黍香。更爲兒童避蟲蟻，額間王字抹雄黄。

端陽節，小孩腹臍、耳孔均抹雄黄，并於額間寫「王」字，以避蟲蟻。

中元節

設壇建醮如高僧，勝會盂蘭俗習仍。猶憶洋鑾墳地遠，法船燒罷看河燈。

舊俗，中元節在閩粤山莊作盂蘭會，俗呼山莊爲「洋鑾子墳地」。

中秋

月宫神馬拜家家，取義團圞供果瓜。位甚尊崇名甚褻，閨人戲唤兔兒爺。

月宫馬子畫兔一人立作搗藥狀，俗呼「兔兒爺」。

爬月

買蟹歸來不忍烹，今宵更任爾橫行。相傳爬月占休咎，紙撚然燈照眼明。

中秋夜，用紙撚浸油繫蟹背上燃之，使行以占財運，向裏爬者吉，向外者否，謂之「爬月」。

咬秋

供尖撤後送家家，結習相沿未或差。男祀竈王女圓月，咬春蘿蔔咬秋瓜。

中秋節所供月餅或年供，撤後將供尖分送親友。又津俗，男不圓月，女不祭竈。立春時，食紫色蘿蔔，謂之「咬春」。立秋時食瓜，謂之「咬秋」。

望海寺

玉皇古閣暮烟蒼，望海樓存寺已荒。可嘆登高人不到，漂搖風雨過重陽。

玉皇閣、望海寺樓，均爲從前登高之處。現望海樓已改爲基督教堂。

水月庵

誦經拜斗不辭勞，文士居然著羽袍。水月庵前烟霧繞，攢香如塔丈餘高。

庚子前，紳商子弟多於重九日集水月庵或玉皇閣拜北斗，道裝誦經，攢香塔高丈餘，焚之歷晝夜，香聞數里，今已不如從前之盛。

冬至

預畫消寒九九圖，兒童冬學正伊吾。皇皇獨有教書匠，生怕明年館地無。

塾師例於冬至日定館。

祀竈

屈指嘉平二十三，東廚打掃竈王龕。糖瓜粘口荒唐甚，好話祇應也不談。

祀竈日，俗謂「竈王昇天」，白人家善惡於玉皇，祭時用糖瓜粘其口，使之不言惡事。

除夕

爆竹聲中一歲添，桃符燈彩壯觀瞻。張羅年事商民喜，共道今宵不戒嚴。

今年戒嚴日多，除夕解嚴，商民稱頌。

石榴

小園報到石榴開，插鬢枝斜紅映頰。艾葉趁將千瓣好，莫教侍婢摘重臺。

榴花有千瓣白、千瓣大紅各種。其單瓣者，中心花瓣如起樓臺，謂之「重臺」。

鳳頂花

鳳頂花開種不同，雪礬搗作唾餘絨。指頭瓣爲調弦落，點玉胭脂無此紅。

鳳頂花即指甲花，又名「頂頭鳳」，閨人搗爛以染指甲。

瓣蘭

深巷花聲暑漸收，晚香玉趁晚風柔。瓣蘭倒向胸前挂，茉莉簪穿紅繡球。

瓣蘭又作「把蘭」。

菊花

菊花大會丙寅開，异種奇葩競賽來。總統雖經投票舉，傲霜晚節莫登臺。

本年九月丙寅，菊花會在學界俱樂部開會，訂有投票選舉總統、總理、國務員章程以競賽。

陳恭甫鍾馗販菊圖

一枝彩筆寫秋容，更作新圖興趣濃。想是太平無鬼捉，鍾馗窮作賣花傭。

陳恭甫寫鍾馗販菊圖，爲菊花會贈品。

小站稻

一棹菱歌唱五湖，雞頭米熟剥明珠。請嘗小站營田稻，香味何如較葛沽。

城西産紅菱甚佳。芡實俗名「雞頭米」。小站、葛沽稻米均有名。

御溝白菜

菜傭來自御河溝，新摘黄芽薦晚秋。少買論觔多論棰，嚼霜滋味勝珍饈。

黄芽菜即白菜，以御河溝者爲最佳。俗呼南運河爲御河。棰音炮，城内十五觔爲一棰，城外十六觔爲一棰。

螃蟹

尖團手擘滿油黄，味比三春海蟹强。晚食菊花鍋最好，暮秋天氣趁新霜。

天津螃蟹肥美甲天下，春間海蟹亦佳。

河豚

沽酒江村日未斜，蔞蒿滿地柳飛花。河豚號稱西施乳，須佐青青苦菜芽。

河豚魚白號西施乳，嫩美無比，其脊血及子常含有毒質，惟苦菜能去毒。

銀魚

望海巍然百尺樓，金鐘已改舊時流。三叉河口名仍在，不識銀魚上水不。

望海樓臨三叉河口，該處産銀魚，係金眼，味極鮮美，與他處所産不同。自金鐘河道改，銀魚已不易得矣。

歡喜橋

兒家不遠隔溪塘，歡喜橋邊恰遇郎。比目雙雙蝦對對，相貽權擬兩鴛鴦。

歡喜橋在海光寺西北。比目魚、對蝦皆津産。

魚鮮

巨羅多骨號騰香，銀様魛魚尺様長。投餌不來叉便得，難逃烹割嘆回黄。

巨羅細鱗多刺，呼爲「騰香魚」。魛魚即魛回網魚，不受釣餌，遇網即回，漁人以叉得之，味腴美，冬時有。俗訛「回黄」，又作「鮰鰉」。

曲巷賣魚

曲巷深深曉日嬌，魚蝦担重一肩挑。金鈎賣罷來銀米，纔過黄花又白條。

蝦小而紅者爲金鈎米，白色者爲銀米，俗呼「白米蝦」。黄花魚、白條魚，皆鮮美。白條俗曰「麵條魚」。

鳴禽

馬蘭花鳥産城西，紅脖鋪紅毛羽齊。灰串阿鷗能學語，白翎惡作夜猫啼。

城西郭鐵店産紅脖、馬蘭花鳥。紅脖以鋪紅粉岔者爲佳，馬蘭花以五道虹爲上。北畫眉一名「灰串阿鷗」，聲似畫眉，能學各語。白翎如學鴞啼，謂之「賊口」。

北人呼鴞爲「夜猫子」。虹讀去聲。

自自回回

雪花又似柳花飛，重利商人尚未歸。自自回回不如鳥，拆拆洗洗促寒衣。

津人赴甘肅、新疆及俄蒙一帶經商者，楊柳青人爲最多。靛雀大似瓦雀，土人呼爲「自自回回」，又名「自自黑」。拆拆洗洗，秋蟲名，拆讀平聲，如釵。

秋白梨

梨名秋白勝哀家，果號花紅脆帶沙。玫瑰葡萄蘋果棗，紙簽題字楚王瓜。

津産秋白梨最佳。花紅即林檎，又名沙果。玫瑰葡萄，紫色，甜美。蘋果棗，香味似蘋果而脆。楚王瓜即哈密瓜，實圓而長，比西瓜味甘，多液。肆中每貼紅簽，上寫楚王大西瓜。

劉莊蘿蔔

冰桃雪藕賽京華，果露清香沁齒牙。最好秋宵助談興，劉莊蘿蔔正興茶。

小劉莊水蘿蔔最佳，正興德記茶葉最好。

孟家豆腐

豆腐方方似截肪，香乾名數孟家揚。汁能滋養勝牛乳，無怪街頭多賣漿。

北門外孟家豆腐乾最著名。津人早起喜食豆腐漿，俗稱「漿子」。

乾果炒貨

人參果即落花生，丁氏糖墩久得名。咏物拈來好詩句，東門之栗本天成。

落花生或稱「長生果」，惟津獨呼「人參果」。糖墩即糖葫蘆。古樓下張二炒人參果、丁伯玉糖墩、東門臉鄭記糖炒栗子，均著名。

茶食鋪

一品香家茶食佳，勝蘭恢復舊生涯。買糕記取北門北，十錦元宵祥德齋。

一品香、勝蘭齋、祥德齋，皆著名茶食鋪。北門外炸糕甚佳。

炸鐵雀

油烹螞蚱遠聞香，滷味人稱鴨子王。鐵雀莫將他雀混，登盤先喜啖鈴鐺。

城内沈家栅欄油炸螞蚱最好，古樓西大水溝王姓滷煮野鴨著名，人呼「鴨子王」。鐵雀以鐵爪者爲真，售者往往雜以他雀。鐵雀之頭最香，俗謂之「鈴鐺」。

包子鋪

包子調和小亦香，狗都不理反名揚。莫誇近日林風月，南閣張官久擅長。

古樓東姚家門口小包子曾著名，今無。狗不理肉皮蟹黄包子與南閣張官牛肉包子均久馳名。近來日租界旭街日商林風月堂亦售羊肉包子。

餃子

餃餡當年數姓孫，莫將猫耳誤餛飩。小如飼鳥嘲燒麥，卷子名留爲戲言。

餃子即水角子。單街子燕春坊即餃子孫舊址。餛飩狀如猫耳，俗呼爲「耳朵」，山西麵食亦有名猫耳朵者。又傳河東某家賣燒麥，味美而小，時人嘲爲「鳥食」。蒸食中有花卷，俗呼爲「卷子」。舊無此名，因昔年北門外劉老季館子有某甲婦向該鋪購物，鋪夥調之曰：「有卷子。」卷子者，市井中詈人語也，婦含怒去。鋪掌知某甲夙非容人者，必來尋釁，乃令夥趕即攤面，旋轉折叠作花卷式，蒸之。少頃，某甲至，向購卷子，夥以所蒸花卷應，此圍幸解，而卷子之名遂留。卷讀上聲。

醬肉

爛熟香騰肉出鍋，玉華門外老饞多。更逢歸賈歸來客，一路提攜裹緑荷。

歸賈胡同明順昌、蘆莊子玉華齋醬肉均著名，出鍋即罄。

羊肉

刨羊購自永三元，夜夢應防蹴菜園。豈止沙鍋紅燉美，涮鍋味亦亞都門。

宫南永三元生、熟羊肉及燒羊肉，南市恩發順燉牛肉俗呼「沙鍋燉」，永元德涮鍋子均著名。

穆家熬魚

小樓曾記大烟筒，白飯紅魚味不同。借問城南都一處，嘗來可有穆家風。

大烟筒在竹竿巷西。穆奶奶家熬魚最著名。都一處在榮業大街。

飯莊

本地風光八大成，四扒館亦最馳名。歡迎座客仍歡送，道謝一聲吃一驚。

本地館首稱義和成、聚慶成等飯莊，俗呼「大館」，有「八大成」之目，現亦不足八家。四扒或八扒館，俗呼「二葷館子」或「小館」。扒者即紅燒猪肉、雞腿、海參、野鴨、面筋等類，或四或八，肥濃適口。市肆聚飲，每於飯資之外，酌以酒資給堂倌，南方謂之「堂彩」，北方謂之「小帳」「小櫃」或「酒錢」。座客出門時必高喊「若干喝酒」，櫃上、灶上各人必合聲道謝「費心」。

酒錢

麴車一路口流涎，阮籍囊空祇自憐。昨過酒家驚喜并，分明寫得不收錢。

酒錢即前所謂小帳也，本地小館有在門首貼不收酒錢之紙條者。

小食堂

宮燈華麗綫飄揚，小飲端宜小食堂。獨有松亭饒興趣，酒香不醉醉花香。

近來開設小食堂甚多，中西兩餐俱備，燈彩華麗，亦一時風尚也。松亭在法租界，所有堂倌均係女子。

揚州館

消夜鐘方一點交，無非蒸餃與湯包。花雕酒佐江南菜，小碗乾絲幾片肴。

揚州館亦佳。

請客

滿桌紛紛敬菜陳，醉中原坐約明晨。互相搶帳幾攘臂，東道終歸賭咒人。

在本地館請客除備整桌酒席外，凡五七人來飲，必備一桌碟子，人少則備半桌。堂倌於主賓點菜之外，又有許多敬菜，以敬主顧。至飯畢，有因互争東道，幾至用武者。亦有不論是否夙識，仍約明日原坐者。賭咒即發誓。

清真館

清真館子請君嘗，應數鴻賓與會芳。一派相傳劉老季，專包教席做全羊。

劉老季爲先開羊肉館最有名者。

素館

枯腸不慣饜膏粱，蔬食群推素館張。更喜石頭門坎路，醉歸風送菜根香。

石頭門坎素館與大胡同真素樓均著名。真素樓爲張姓所開。

酒

白蘭地酒勝葡萄，味美香賓價亦高。猶憶從前風俗樸，一壺黑小湯燒刀。

砂質小酒壺俗謂「黑小」。燒刀即高粱燒酒，又名「白乾」。

茶樓

青蓮高閣净無塵，南市茶樓局面新。何處賣茶兼賣酒，佳名不愧玉壺春。

青蓮閣、玉壺春，均茶樓名。玉壺春兼賣酒飯。

茶館

露天淪茗避嬌陽，竹椅藤床坐位良。不若當年雨來散，緑陰閒話野風凉。

雨來散，野茶館名。從前南門外、芥園、趙家場均有之。

漁家

嬌小漁家新嫁娘，午炊纔罷又湔裳。釣竿搭向船頭晒，岸柳風斜送夕陽。

采蓮

小娃偷摘老蓮蓬，獨自撐舟入藕叢。荷葉蓋頭圓似笠，垂竿也學釣翁魚。

染房

楊家園畔寧橋頭，軋軋機聲日不休。如賦阿房嫱外景，殘脂水膩漲川流。

楊家花園、寧家大橋在南門外，該處多織染工廠，環城河流時作紅色。

七十二沽

猶是滔滔七二沽，圖書佚散草堂蕪。薰風烈日難消暑，每遇村人問老夫。

天津有七十二沽之名，實只二十一沽，曰：丁字沽、西沽、東沽、三汊沽、小直沽、大直沽、賈家沽、邢家沽、鹹水沽、葛沽、唐沽、草頭沽、桃源沽、盤沽、四里沽、鄧善沽、郝家沽、東泥沽、中泥沽、西泥沽、大沽。餘則在寶坻、寧河縣境内。七十二沽草堂在鍋店街後梁氏别墅。沽水草堂在城東南六里安氏别墅，收藏圖書甚富，當時人呼爲「清閟閣」。薰風烈日祠在舊院署東，老夫村在閘口下，龍氏别墅，舊名寧園，今盡荒廢。查曦有《老夫村消暑詩》。

水西莊

繡野簃荒草不芟，堂空新燕自呢喃。臺前多少船來往，寂寞無人更數帆。

水西莊在城西三里，爲查氏别墅，内有繡野簃、數帆臺諸勝。

一畝園篆竹樓

篆竹樓依一畝園，遂閑雅事寄琴樽。綠宜紅墜今安在，尚有堂前匾額存。

一畝園在城東北，即錦衣衛橋河岸，爲張魯庵别墅，内有遂閑堂、垂虹榭、綠宜亭、紅墜樓諸勝。篆竹樓或作篆水樓，亦在城東北，臨三叉河口，今俱廢圮。唯「遂閑堂」匾係祁文端公所書，尚存估衣街張氏廳房，現已租爲商鋪。

佟家樓

浣花村外水東流，艷雪荒蕪剩土丘。名士美人自千古，佟家樓莫誤佟樓。

清初詩人佟鋐，字蔗村。姬趙氏，字艷雪，工詩。因以名樓，在城西運河北岸，該處現仍名佟家樓。浣花村杜氏别墅，在佟家樓旁。又城南八里臺迤東，亦有地名佟樓，風景甚佳。

水西莊城南詩社

水西文讌鬭尖叉，遺迹令人空嘆嗟。幸有城南詩社在，流風餘韵繼梅花。

城西水西莊爲清初查蓮坡讌集之所。道光年間，梅樹君又立梅花詩社於水西莊。

八里臺

水木清華八里臺，天然風景絶塵埃。東瀛士女歐西客，雙槳容與載酒來。

八里臺在城南。

丁字沽

丁字沽添夜雨痕，問蓮浦址已無存。天晴約友尋芳去，一葉扁舟指芥園。

丁字沽在城北。問蓮浦在城西二里。芥園即水西莊，舊址多賣花者。

紅橋

紅橋春水路三叉，蘭槳輕摇背曉霞。舟子問將何處去，且停武庫看桃花。

大紅橋在城西北，爲北運、子牙兩河匯流入海河之處。西沽桃花甚好。西沽北洋大學校址即武庫。

芍藥

開殘婪尾一春過，大覺庵中記咏歌。百二十畦問花事，今年可似去年多。

西門外大覺庵舊植芍藥甚多。又百二十畦芍藥園在陳家溝，爲李氏别墅，近年花事稱盛。

西湖圈

菰甫四面櫓聲柔，碧水青天一色秋。願向西湖圈裏住，果然風景似揚州。

西湖圈在海光寺西，張船山《懷天津舊游》詩有「十里魚鹽新澤國，二分烟月小揚州」之句。

岸上花園

依水名園畫意饒，兩三人坐小幫搖。昨宵一雨添新漲，緩緩低頭穿板橋。

佟樓一帶岸上花園甚多。幫搖，小船名。

大和公園

萬斛珍珠迸入池，風荷翻蓋柳纖絲。游觀頓觸傷心事，金字輝煌紀念碑。

大和公園俗呼「日本花園」，内有「北清戰役紀念碑」，觸人感想。

曹蔡二家花園

花園樓閣倚雲霞，應數曹家與蔡家。棨戟幨帷森氣象，尋常游客漫停車。

河北黃緯路曹家花園、日緯路蔡家花園，均稱壯麗，向不開放，近年來時作行轅。

榮園

一灣緑水繞榮園，雲護重樓見葉存。獨惜不逢佳節日，好花落盡不開門。

榮園即李家花園，在特别一區，惟端陽、中秋、中元等日始開放。

張園

雨灑銅駝滴泪痕，張園鎮日掩朱門。白頭遺老今餘幾，猶習清儀朝至尊。

清遜帝去年出京師，蟄居張園。

大羅天

五色琳琅古物場，大羅天上輟霓裳。圖書印璽分朝列，内府當年什襲藏。

大羅天游園今春改爲古物陳列所，陳列清室字畫、玉璽甚多。

陶園

午夜丁東漏箭催，陶園寬敞足徘徊。自看時計歸還早，又到神仙世界來。

陶園在特别一區。神仙世界在日租界，即神户館，舊址今夏始改游藝園。「時計」，日本語鐘錶之通稱。

冰淇淋

屋頂游園最上層，與郎挽臂喜同登。昨宵未預乘凉約，勿吃香蕉冰淇淋。

冰淇淋，譯音。用牛乳、雞蛋加香蕉、檸檬等物攪和，置冰筒中用運機旋轉，使漸凝結如冰，夏日食之，甘沁可口。

開房間

君家何處問檀郎，更恨儂家道孔長。旅館房間開甚便，春宵雙宿兩鴛鴦。

各飯店旅館，時有男女借地幽會，謂之「開房間」。

起士林

倩影喁喁話柳陰，燈明不覺月光沈。別時密訂來朝約，座假中街起士林。

起士林在特别一區中街，洋點心最佳。

河北公園

公園曾憶昔年游，士女如雲晚色幽。可恨一般河北黨，評頭品足口悠悠。

河北公園前數年亦有露天電影及雜技等戲，早晚售票，游人甚夥，民十三後即停止。惟有一般浮薄少年，每日三五成群在僻静街巷或公園内隨意游蕩，遇有婦女，信口評論，號稱「河北黨」。

海關

汽車無事且兜圈，晚景蒼茫暑熱天。行至海關仍散步，徜徉河岸數輪船。

海關在紫竹林河沿。

警廳禁女子剪髮

挽風盤鴉説不興，齊眉覆額發鬅鬙。無情警士横干涉，弱質何堪受薄懲。

夏間，警廳曾捕剪髮女子，并出示禁止。

女子梳頭理髮

呼傭窗下曉梳頭，時仿東洋時仿歐。理髮喜今有專所，儂家不必起妝樓。

近時婦女多有雇用老媪梳頭，按月給資。妓館中多用男子梳頭，現又有女子理髮所矣。

學士裙

簇新花樣試春衣，領窄襟圓袖短肥。學士裙青壓金綫，故回一搦細腰圍。

旗袍

過膝垂垂長坎肩，欄杆不飾飾花邊。今知滿漢無區別，都著旗袍一裹圓。

婦女著旗袍長坎肩者，觸目皆是。

外衣大氅

外衣花色逐時髦，不怕風寒似剪刀。爲出風頭特標志，周身領袖出風毛。

婦女外衣或大氅、斗篷隨時改換新樣。

西裝

雙瞳匪碧發非黃，交際嫻於姊妹行。昨喜有朋歸海外，今朝得意服西裝。

沙發

人約良宵底事遲，如年更鼓力難支。倦憑沙發方思睡，忽聽聲聲喚密司。

椅長狹式，一面靠背，一端高聳如枕，上覆漆布，可睡可坐者，譯音爲沙發。

英語稱女郎爲密司。

高跟鞋

高跟鞋子最時宜，綢繖圓撐日正遲。爲約意中人散步，來回都不喚膠皮。

津人呼洋車爲膠皮。

面紗

藍光眼鏡襯腮紅，湖色紗將粉面籠。豈是含羞怕人識，芳塵一路撲迴風。

有風天氣，女子多蒙面紗。

窑變

恒利歸來又物華，珠圍翠繞下香車。令人一望知窑變，舉止風流遜大家。

恒利、物華爲津埠大金珠店。從良之妓呼爲「窑變」。

時樣

圍巾披氅著花冠，兩襪偏教薄似紈。墜指裂膚都不惜，爲摹時樣耻言寒。

頭油

曉起晶簾半上鈎，鏡早看鏡自梳頭。發光可鑒香風膩，范永和家桂母油。

范永和桂母頭油最有名，近惟梳舊式頭者用之。

化妝品

點綴新妝妙入時，百家雙妹并先施。怕逢虢國嫌脂粉，麗質天生但掃眉。

百家利、先施公司、廣生行各化妝品，銷路甚暢。

納采

描金庚帖小媒拏，往返男家復女家。一疋綢紅披十字，玲瓏光耀九元花。

納采，俗謂「過帖」。小媒即媒婆。津俗納采用小媒，身披紅綢，手持金花，將庚帖置拜匣內，或用托盤以絨花如意壓之。金花有五元、七元、九元至十五元之別。

迎娶大樂

鶴齡童子古時妝，跨鳳乘鸞列兩行。鼓吹不吹花得勝，一班大樂韵悠揚。

迎娶時，有十餘童事扮仙童裝，且行且歌，謂之鶴齡。大樂音韵最佳，譜調亦多，能作長音。聞初習時，用竹管吹水，得換氣法，故吹時似一鼓作氣，無斷續痕，此爲天津鼓手之特長也。《花得勝》，樂譜名，京師有之。

新人上頭

串燈高照最鮮明，百子鞭中彩轎迎。趁此良時上頭好，打雞鳴爲兆功名。

串燈、高照皆燈名。津俗迎娶時，備有公雞、凉席。新人上頭時，用凉席遮窗，打公雞使之鳴，取功名之意。新人上轎之先，梳洗冠帶必戴官簪子，謂之「上頭」。

親迎禮

頭蒙一幅淺紅紗，胸綴團圓絹製花。親迎猶遵古時禮，雙攜同上七香車。

新式結婚亦有行親迎禮者。

新式婚禮

指環互換綰同心，不用交杯酒再斟。賓致賀詞主申謝，堂前應節奏風琴。

新式結婚者所有舊式拜堂、坐帳、喝交杯酒、吃子孫餛飩之禮，一概免除。餛飩，即水餃子。

新婚夜新郎勿語舊俗

香藹青廬雙燭燒，窗泥紅錦帳垂綃。矜持欲守三緘戒，空擲千金第一宵。

新婚第一夜，父母之迷信者，誡新郎勿語，謂語主受窮。惟續弦者無是説。

新婦歸寧

茜綾香掩轎窗紗，拜過新年又住家。喜約阿郎同伴往，元宵節後吃春茶。

新婦歸寧，俗謂「住家」，習仍坐轎。新夫婦同往岳家拜年，謂之「拜新年」。岳家於燈節後請新夫婦吃春茶。

百家衣

百家衣向百家求，吉語殷殷祝阿侯。鎖樣翻新名副實，趙錢孫李寫從頭。

生子彌月或百日，有向各家尋布一塊連綴成衣，曰「百家衣」；亦有自備茶葉或檳榔一小包，向各家尋錢一枚購置金鎖，曰「百家鎖」，均取長命百歲之意。首飾鋪新製鎖式，下綴鎖鏈并繫小金牌五十枚，兩面分刊百家姓，亦頗美麗。

回靈

浩蕩黄塵大殯來，持旗馬警路先開。靈輀已過人猶立，不看回靈不肯回。

出殯至留靈地點，將神主舁回，仍用原有儀仗，謂之「回靈」。

喪禮青衣白馬

青衣白馬喝高聲，翎頂煌煌紅帽纓。畫像亦非民國服，男遵清制女遵明。

殯前有一夥著紫色馬褂戰裙、身負旨印令箭，并有紅帽青衣似戲中之皂隸狀，均騎白馬高聲威喝者，曰「青衣白馬」。魂轎前六頂馬藍頂藍翎，其餘打傘提爐者亦多戴纓帽。

大殯

軍樂鏜鏜最可聽，幾棚僧道喇嘛經。要人匾額成風氣，一一擡來五彩亭。

大殯必有各大總統或京津顯貴及在野名流之匾額數方以爲光榮。

祭棚

聯幛高懸顯者名，鄉人看罷動譏評。誰云難買靈前吊，自備沿途路祭棚。

出殯時，親友設祭棚中途致祭，必擇顯貴者之挽聯祭幛懸挂其中。惟祭棚間有由喪主自備者。

夭亡殯禮

泪痕染遍杜鵑紅，痛煞明珠失掌中。雪柳紛披都是血，紙錢飛颺落花風。

成丁之女夭亡，出殯時，雪柳、路錢均紅色。

冥幣

灰飛白蝶幻青蚨，莫説幽明各异途。紙幣有時停兑現，銀行真似設酆都。

送喪家之冥鏹，内有酆都銀行紙幣一種。

送殯

貧家喪葬慕虚榮，借債仍將局面撑。賃得官銜牌幾對，約人執紼賴朋情。

交游不廣之家，有托親友輾轉約人送殯者。

紅白事

事無紅白競奢華，八碗仍將鴨翅加。喜酒要多喪亦飽，笑詢知客菜誰家。

喜慶事爲紅事，喪爲白事。邑人辦事仍用八大碗以待客。爲親友家幫忙者爲知客。

博戲

喜慶筵開燈彩紅，賓來博戲漫成風。洋洋聲浪盈入耳，不是三元便四同。

近習，喜慶各事須在下午四五時或晚飯後客來漸多，恒以麻雀、撲克等牌爲消遣。三元、四喜爲麻雀牌中之名詞，三同、四同、同花順等爲撲克牌中之名詞。

衛十湖

共擁骰盆唱雉盧，喧呶真是牧猪奴。何如葉子先生好，解悶消閑衛十湖。

十湖爲葉子戲中之一，天津所鬭十湖與他處略异，曰「衛十湖」。

賭場

春初俱樂部全開，牌九摇攤隨意來。百萬金錢供一擲，家資蕩盡亦豪哉。

租界中之大賭場美其名曰俱樂部。正二月間大賭特賭，其中賭類甚多，牌九用牙牌推之，攤用四骰摇之，皆賭之一種也。

墩籤

卅二籤摇短竹筒，幾枝躍躍響隆隆。爲貪孤注抽真假，可惜頻來順不同。

街上擔籃担挑或擺攤之售食品者多備籤筒，謂之墩籤：截竹爲筒，下端蒙以布，內裝竹籤三十二支，籤末各刊牙牌，抽三枝以賭輸贏。其抽法有二，抽十四點者，凡正快皆贏，合巧可得雙分，惟得物少有；抽真假五者，真五即五子，假五即合巧，減言爲抽真假，可得十餘倍之物。惟五子合巧及十八點者方贏，餘雖抽得不同，大馬軍、二三靠皆無效也。不可亦呼爲順。

鬬蟋蟀

開圈蟋蟀鬬河東，玉露金風八月中。也算平章軍國事，千金一擲決雌雄。

鬬蟋蟀在白露節後。圈子在河東。蟋蟀俗呼「蛐蛐」。

鴿子集

趁市人來話曉曦，達摩庵裏與鄉祠。葫蘆聲亮鈴聲脆，莫負春晴放鴿時。

達摩庵在城内西南隅，鄉祠在東北隅，俱立有鴿子集。

獵水鳥

鵁鶄鸂鶒亂驚飛，醉後何人夜打圍。點點燈光浮水面，衝煙遥見獵船歸。

海光寺、八里臺一帶，時有外人夜間乘船獵打水鳥。

雀市

茶棚庵址莫重尋，百鳥鈎輈弄好音。到此頓忘城市念，直疑春暖入山林。

雀市在茶棚庵，庚子後移至北馬路閩粤會館前。

日本猴戲

旗幟鮮明鼓樂喧，運通猴狗亦乘軒。衣冠禽獸時恒有，何必斤斤責戲園。

日本猴戲來津，先期令猴狗著衣冠、乘人力車，游行街市，以作廣告。

日本馬戲

東洋馬戲賭争先，繩檿唐梯自古傳。急訝美人天上落，身輕於燕逐鞦韆。

繩檿即碾輪於繩上，上唐梯即上高竿，我國古皆有之。日本馬戲各種技藝均臻佳妙，惟最後之鞦韆，空際飛舞，眩目驚心，尤絶技也。

跑馬場

早闢西商跑馬場，春秋今又賽華商。性如彩票人争購，緑女紅男舉國狂。

西人跑馬場在梁家園，華商跑馬場在南開。

烟火

游園烟火萬人歡，寶馬香車沸夜闌。草廠庵前思往事，一年僅得一回看。

曩年二月十九日在城東南隅草廠庵放烟火盒子，近來各游園每一星期放烟火二三次。

各式烟火

盒子層層巧莫名，魚龍變化慶昇平。年來烽火驚魂魄，怕看襄陽炮打城。

盒子一架内裝四五層不等，有「魚龍變化」「炮打襄陽城」等名色。

皇會

中幡跨鼓鬧街前，皇會重興已不全。粉飾太平財力盡，争豪鬥勝遜當年。

天津皇會，年例三月間舉辦，有中幡跨鼓、抬閣高蹺、鶴齡獅子、槓箱等會。末有五駕輦，所奉即天后宫之娘娘。辦會者窮奢極侈，看會者舉國若狂。亦有沿街起搭看棚，珠簾半捲，夜闌始散，真盛會也。民十二尚勉强舉辦一次，較前清時弗如遠甚。

水會

水會名稱各不同，晝持旗幟夜燈籠。救灾伍善急公益，角勝偏生械鬬風。

在未設立消防隊之先，救火胥賴水會。會有數十局，局各有名，如天安、天一之類，書於旗或燈籠之上。會中救火器具悉由紳商捐置。救火人曰伍善，半屬負戴貿易之人，完全義務。遇警鳴鑼傳遞，曰串鑼。各會聞警無遠近皆赴救火。熄後，緩其鑼，曰倒鑼。按道路遠近各會依次而散。捍患禦災，法良意美，惟救灾時，常因取水争道，兩會各不相讓，竟至鬥毆，亦美中之不足也。

老人會

立會存儲養老金，於今難測是人心。可憐一副棺材本，冥若飛鴻無處尋。

年老或有老親者約集同志立會，分年儲金以備將來喪葬之費，俗名「老人會」。辦法頗善，惟前年聞有某會經存款項人竟有捲逃情事。

慈善會

書畫家仍慈善家，鬻資助賑惠無涯。禦冬款待年終放，貧士從容度歲華。

書畫家多有以所得潤筆助賑者，并組織書畫慈善會，以便銷售。又有禦冬儲蓄會，款由捐助。凡讀書人無以度歲者，經人介紹，到會即可佽助，謂之「文貧」。

文廟

百仞墻高殿兩楹，重修數載始觀成。豈知費盡經營力，丁祭仍須假地行。

聖廟始則士紳集款小修，繼經曹省長籌款大舉，曹去復由縣署撥罰款五萬元始克完成。惟落成後，時有駐兵，丁祭仍假江蘇會館舉行。

秀山堂

南開佳氣鬱崔巍，林木葱籠水四圍。興學千秋留紀念，秀山堂外鑄英威。

李英威將軍純捐助南開大學巨款，爲鑄銅像，并以秀山名堂。

南開大學

鵲巢屢次被鳩居，校舍荒蕪草不除。文字於今賤於土，眼看浩劫及圖書。

學校多被軍隊占居，狼藉不堪，夏間始行開課。第一圖書館在河北公園內，嚴範孫侍郎捐書最多，本年館内駐兵，頗受損失。

河北公園開放

公園教戰馬驕嘶，花木凋零鶴鹿飢。開放任人游覽便，四圍先已撤藩籬。

河北公園樹木多被駐軍斫伐，圍墻亦折毀。

軍隊操習

截竹爲槍木作刀，兒童嬉戲學兵操。軍歌耳熟都能唱，大將南征膽氣豪。

街巷及稍空闊地方，時有軍隊習操。

招兵

繁華熱鬧似承平，見夥窮民魚貫行。白布小旗作前導，墨痕慘淡寫招兵。

年來招兵小旗，時見於街市中。

駐軍之俄兵

戰伐聲中歲月過，宜興埠裏駐兵多。我軍本是司空見，鐵騎驚來大老俄。

本年宜興埠駐有魯軍之俄兵。

封閉胡同

胡同杜塞不通行，更絡鉛絲縱復横。但恐人來猶誤觸，此門有電寫分明。

城内及河北居民爲避潰兵土匪搶掠，將四通八達之胡同用磚壘砌，僅留一口以通出入，并有在胡同口或門口安設電網者，旁貼一紙條寫「此門有電，勿用手摸」等字。

封門避盜

駟馬門留一洞通，形如圭竇古人風。客來造訪謙恭甚，未到登堂先鞠躬。

住户亦多以磚砌其門，留一小洞以避搶掠。

流通券

移居停業紙條紅，門設常關貨一空。物價無端加幾倍，流通券竟不流通。

本年二三月間，當局行使軍用票及流通券。商家恐受損失，相率於門首貼寫移居某租界或停止營業紙條。亦有將貨物掩藏，非熟主顧説明現洋不賣者。其照常營業之家，故將物價陡增，以備抵補虧折。惟此項票券租界中概拒使用。

租界外兵嚴備

避居租界日紛紛，界劃鴻溝畛域分。鹿角杈枒森電網，爲防土匪與逃軍。

每遇警變，居民紛紛逃入租界。外兵嚴備於界口，安設木欄，罩以電網。

租界治安

漫云租界托安全，劫案年來見不鮮。肉票贖回須鈔票，駭人五萬五千圓。

去年日租界發生某議員被綁事。

警政

警政從來數北洋，經番變亂績尤彰。贈聯特載星期報，留得千秋姓字香。

每次變亂，員警極力維持秩序。商民稱頌，特請紳耆書聯贈謝，并將警官或警士姓名、事實，聯語登報宣揚。

八善堂

募賑呼號放賑忙，擘窠大字貼高墻。救全婦孺知無算，誦德歌功八善堂。

天津善堂甚多，聯合稱之曰「八善堂」。

救濟會

南中善士遍三津，功效昭然首廣仁。救濟會成紅卍字，半由人辦半由神。

廣仁堂爲蘇、浙、皖三省士紳籌辦，歷年有所。又天津道院本年成立紅卍字會，救濟灾民傷兵是夥，惟遇事均先請乩判奉行。

義務戲

非籌急賑即冬防，票友伶人義務忙。半爲助捐半娱樂，百元不惜定包廂。

義務戲時常演唱，散座三、四、五元不等，包廂竟定價百元。

義地變賣

忍叢枯骨折遺骸，天理毫無人道乖。不問舊棺重獲利，須防劈碎作燒柴。

去年義地變賣，舊柩遷徙，其棺已破碎者，另置備小棺，檢聚枯骨以掩埋之，不可謂非善舉也。乃經其事者，忍心害理，見棺木完好，竟將尸骨取出强納之小棺，甚將未盡腐爛之尸截開分納，慘無人遂，莫此爲甚。棺則重新油漆，乃獲重價。碎板劈作燒薪，住户於購柴時必詳細辨識，而賣柴者亦必分辨并非棺木，更有不待買主詢問預先聲明者。此事報紙宣傳，人言鑿鑿，財政廳亦有呈請查究之文，真空前未有之慘劇也。

物價

米珠薪桂甲長安，錢法奇荒財力殫。百物價如潮水長，長潮容易落潮難。

窩窩頭

窩窩頭貴似黄金，都是農民血汗淋。見有朱門日高起，朝朝酒肉侈池林。

窩窩頭以玉米麵蒸之，上尖，下有一洞，俗謂「黄金塔」。

煤荒

燃料人家日必需，煤荒真是歷年無。開門七件須籌備，巨壑難填小火爐。

本年車運停滯，煤極缺乏，時有煤荒之嘆。

車站

車站區分東總西，輪船搭客日栖栖。旅行到處皆荆棘，住店須防是野雞。

總站即新車站，在河北。東站即老站，在河東老龍頭，爲京奉路之大站，并爲津浦路之起點。西站在北營門西，屬津浦路。輪船有三公司及大碼頭，可達烟臺、上海、大連等處。接客無名之小客棧，慣欺來往客商者，謂之「野雞店」。

電車

往來如織電車忙，牌别紅藍白緑黄。一到星期人愈擠，留心剪綹割錢囊。

電車係比商創辦。紅牌者，由北大關經河東至老站；藍者，由北大關經日、法租界至老站；黄者，由北大關經日、法租界至法國河沿；白者，圍城馬路；緑者，由天增里至法國教堂前。近聞省政府有收回自辦消息。割竊行人佩帶等物者爲剪綹，亦名小綹。

電話

話傳一綫電流通，分局新添北與東。用户愈多機愈少，豈真應付有時窮。

電話舊有總局、南局，本年添設東、北兩分局。惟用户裝安電話機，非設法運動，輒被擱置。

無綫電

無綫發明消息靈，高竿千尺接青冥。電機廣播尤玄妙，天上霓裳亦可聽。

无线电设立已久，近復附設廣播無綫電，能在津聽北京戲劇。

電鈴

雙扉深掩杏花紅，將命慚無五尺童。客到不聞聲剥啄，小鈴傳入語玲瓏。

住户常閉門度日，門外多有安電鈴者。

電梯

百級無勞拾級升，青雲梯峻快先登。籠中不展雙飛翼，也上岑樓第一層。

商場電梯，上下稱便。

燈

奪目光摇燭百枝，碧荷傘罩白琉璃。何如窗下青燈小，書味醰醰夜讀時。

暖氣

暖氣回旋一管通，春生綺室樂融融。衹愁客到圍爐飲，緑蟻重温火不紅。

電風扇

不用絲牽與布蒙，電輪催轉自扇風。兒童舉首笑相問，誰把風車挂半空。

從前制有風扇，釘木框作長方形，蒙以布，下垂布尺許。折叠爲百摺式，繫繩牽之，摇曳生風，亦頗凉爽。近則電扇發明，用風扇者鮮矣。

汽車

嗚嗚市虎駛如飛，不管塵泥濺客衣。禁例獨嚴工部局，道分上下莫輕違。

汽車在華界開行并無速度之限制，惟租界内取締甚嚴，偶犯禁例，即帶至工部局罰辦。

冰床

上下天光鑄水晶，冰床穩坐一篙撑。如飛衝破寒烟去，權作乘風萬里行。

冰床又名「托床」，俗呼「冰排子」。

留音機

珠走盤旋即可聽，製精百代與高亭。留音但恐知音少，一曲陽春闕老伶。

留音機器，俗呼「話匣子」，百代公司製最精。近復有高亭公司發售，所制戲片，中外南北名伶、名妓俱備。唯津伶孫菊仙獨不留音，亦别有見地者也。

泥人張

手塑泥人舊姓張，乾坤造化袖中藏。喜客抓得何神似，照相傳真走且僵。

昔城西張姓，名長林，字明山，以捏塑世其家，至今稱爲「泥人張」。所捏戲劇人物，形象逼真，尤善爲人作小照，俗謂「抓喜客」。只須與人對面談，袖中摶土不動聲色，瞬息而成，形神畢肖，栩栩如生，觀者無不嘆絶。

文美齋百花箋

百花妙製壓蠻箋，畫稿題詞并足傳。痛惜兩遭兵燹後，僅餘套版色精妍。

文美齋製百花信箋凡二次，均爲張和庵兆祥畫。初次爲查帖青凌漢題詞，尤稱精妙。惜兩版先後均被焚燬，現僅有套版五色花箋，色極鮮艷，亦如庵所畫。

紗燈

紗絹春燈製最工，蓮花生動似摇風。神童妙句今傳誦，一點光明出水紅。

上元節各街賣燈者甚多。又傳邑人孫坦，字白昭，八歲能詩，上元提蓮燈遇父執要之作詩，立成，云：「莫言新出水，亦白火中栽。一點通心熱，光明對佛開。」孫，乾隆進士，後任知縣，有政聲。

翎扇

拂暑端宜扇用翎，芝麻腰玉海東青。近來摺箑尤精美，半面如開孔雀屏。

從前伏日多用翎扇。芝麻雕、腰玉、海東青俱翎扇名，近日摺扇有飾孔雀翎者，甚美觀。

儲蓄盒

便便大腹悶葫蘆，貫滿終當棄路隅。持久何如儲蓄盒，一生事業始鏁銖。

悶葫蘆罐即撲滿，近來銀行界發明儲蓄盒，高三寸許，長方式，盒爲鐵制，洞二，可入現洋或鈔票；盒鎖，儲户不能自開，滿則送銀行取出代儲，可爲兒女儲存教育、粧奩等費。

德生堂

長征人馬托平安，秘製清寧桐子丸。猶見德生生意好，莫家鋪老欲尋難。

河東行宫廟前德生堂人馬平安散，行銷外省。古樓西鎮署大墻對過莫家老鋪，清寧丸最有名。惟莫係住家，并無門面。

蘇氏骨科

療病西醫手術多，刀圭再世見華陀。若論舊法家傳本，蘇氏專門正骨科。

河東錦衣衛橋蘇姓，世傳專治外科，能著奇效。

女巫

神來囈語聽模糊，病不求醫反信巫。聖水藥丸本無驗，香資事後苦追需。

女巫俗稱「姑娘子」，自謂「頂神」，能看香頭，治人疾病。所頂之神，非白老太太，即黄少奶奶，或稱胡幾姑，不外胡、黄、白、柳、灰五大家之類。治病時，焚香於爐，即喃喃作語，神即下降。治病之法，或給藥丸，或施聖水。病癒則以功自居，不愈則諉爲命盡。愈後任意需索香資藥費，愚昧無識及小家眷屬恒信之。

在門頭

有人崇拜在門頭，丸藥香灰任汝求。方詡爐中丹九轉，那知療治疾難瘳。

有崇信天地門、老君門等教者，謂之「在門頭」，亦自謂能治病。病者來須燒香求神，或於香爐中包與香灰，或予丸藥，法亦近巫，惟不頂神。

保赤牛痘公局

痘哥花姐本虛無，仁術仍推厲二姑。保赤自從設公局，救人勝造萬浮屠。

從前小兒多患天花，治癒之後，其母輒至娘娘廟還花。侍娘娘之男女俗呼爲痘哥哥、花姐姐。城内南大水溝厲二姑善治痘疹。又同治年間，本城紳士在鼓樓南列立保赤牛痘公局引種牛痘，不取分文，每年種花幼童數以萬計，誠善舉也。

天后宫火君道

道别真君與火君，真君茹素火君葷。天妃宫裏游人散，笛管笙簫響遏雲。

道教分真君、火君兩派。真君道茹素不剃髮，無家眷；火君道則反是。天后宫之道人即火君道，工音樂。天妃宫即天后宫，元泰定三年作天妃宫於海津鎮，蓋有廟之始也。

卜者相士

遍撒傳單逐格壥，自誇卜相驗如神。知君不是君平穩，介紹芳名盡偉人。

卜者相士甚多，時發傳單於路人以廣傳播。

白衣道教

公所如林大小分，攤齋求順最情殷。東根西派源流遠，師甫於今尚有墳。

在禮即理門，俗謂之「有門檻」，即白衣道教。教設公所多處，有大小之别。其最老公所有東根、西派之稱。所中首領曰「大爺」，亦曰「老師甫」。每年必聚食數次，曰「攤齋」。老師甫墳地在西頭。又河北公園北及河東均有老師甫墳地，係天地門、老君門等教所置。教與理門有别。

理門

却無烟酒累形軀，古貌昂然杖不扶。童子道裝真創見，蒲團椶拂皆葫蘆。

理門人戒絶烟酒，老多健壯。凡老師甫死，出殯時，各處老師甫與理門人咸來送殯，并率童子多人扮道家裝束，真創觀也。

五祖教

鐵漢身原百煉經，何來五祖惑愚冥。這般皮肉生涯告，赤體甘嘗炮烙刑。

信五祖教者以赤身當花炮噴射，并敢赤手拂燒紅鐵杵、鐵練，或赤足行於燒紅鐵板上。每年在西沽席廠地方演習一次，謂之「請五祖」。

城隍廟會

會仿鄉儺以鬼名，泥金面具突雙睛。城隍自昔昭靈爽，魑魅原何任晝行。

舊俗四月初六、八兩日城隍廟會，有扮鬼形者，面貌猙獰，狀至可怕，曰「鬼會」。會甚多，惟侯家後老都魁鬼會爲最盛，相傳係奉旨隨駕赦孤，今無。

赦孤

隨駕孩童扮罪人，琅璫枷鎖赭衣新。孤魂援例逢恩赦，無待城隍再出巡。

小兒因病許願者，扮罪囚狀，以扮鬼者牽之而行，曰「紅犯」，於城隍出巡時隨駕游行。初八夜間，至西郊荒塚中舉行赦孤。民國赦令屢頒，而赦孤之舉不行矣。

妙峰山朝頂

夏初忙裏且偷閑，各秉虔誠將願還。車水馬龍人似蟻，去朝金頂妙峰山。

山在京西，上有廟，四月上半月内，津人多往進香，謂之「朝頂」。

藥王廟

峰窩許願去燒香，靈應無如此藥王。節近端陽天漸熱，小車結會捨梅湯。

峰山廟城南三十里，俗稱「峰窩廟」。會在四月二十一至二十八日，供奉藥王，頗著靈應。

拜香

蓬頭跣足狀如狂，村婦虔心燒拜香。嬌喘吁吁行不得，可憐一步一踉蹡。

津中各廟會，時有男女爲親病或自病許願，披髮赤足，以紅布裹脛，右手持香，一步一叩首，望廟而拜，謂之「燒拜香」。

廟會許願挂燈

俗悍風强孝亦愚，挂燈不足挂香爐。毀傷身體毫無憾，爲博旁觀好漢呼。

城隍廟會，有爲親病許願，挂紅紙燈於兩腕，或五對，或六對。後竟有挂羊角燈至十二對、十五對者，甚有挂銅香爐者。俗習好强，以多爲榮。

叫佛

愚孝堪欽亦可憐，單衣寒夜拜街前。四年爲願三年滿，佛號哀呼有萬千。

更有爲親病許願叫佛者，於三九夜，著單衣，在十字街前，口叫千佛萬佛、無量壽佛等語，三年爲滿，四年爲願，亦愚孝之一種也。

拴娃娃

家供張仙子是求，娘娘廟裏又來偷。逡巡殿角知新婦，欲繫紅繩尚覺羞。

求子者，在家供張仙爺、在廟中拴娃娃者。得子後，還娃娃九十九個。

五大家

供奉仙龕五大家，無非狐鼠蝟鼬蛇。只因搬運多靈异，建廟惟崇三太爺。

津人每供大仙，即胡、黄、白、柳、灰五大家也。胡即狐，黄即黄鼬，白即刺猬，柳即蛇，灰即老鼠。惟狐有廟，在舊院署後，同治八年敕建，名「通真道人祠」，俗呼「三太爺廟」，香火甚盛。

祈雨

祈雨沿門插柳枝，磨刀會過尚無期。民間俗與官家异，不請龍王請馬皮。

官家祈雨，設壇焚香，召集僧道誦經，供奉龍王。用瓶取水，并傳令商家遍插柳枝，門首粘貼天降大雨、商民鼓舞等黄紙條。鄉民求雨，擁一人頭頂神馬，若巫之頂神狀，向水溝等處燒香，謂之請馬皮。俗稱五月十三日爲關公磨刀赴會之期，是日必雨，故有「大旱不過五月十三」之諺。

火燒雲

畏人連日火燒雲，避暑無方盼雨殷。婦女不知占礎潤，水缸喜道已穿裙。

雨兆。

諺云：「火燒雲，曬死人；雲燒火，無處躲；水缸潮，氣上蒸。」俗謂水缸穿裙子，雨兆。

虹

雨止雲端挂絳虹，莫之敢指誑兒童。腰圍幾許問王母，裙帶如何曬半空。

俗謂虹爲「王母娘娘曬裙帶子」，并誡小孩勿指，指則爛手。

小寒

被讒鄒衍事非常，示變驚飛五月霜。近召天和冤獄少，小寒降雨卜休詳。

本年小寒節，天氣極暖，降雨一日。

瞽者

盲人亦解學趨時，指路文明杖一枝。彈罷三弦吹短笛，逛街一用報君知。

瞽者逛街攜一圓形之銅器，似鑼而小，又似鈸，以兩繩繫小横木上，前懸一鎚，提而擊之，鏗然有聲，名曰「報君知」。手持之杖曰「馬竿」，近亦有持手杖者。

楊村女僕

女僕來從外縣多，楊村頭式尚峨峨。老年守舊仍高鬟，不著鞋坤只著鞾。

纏足時代，津俗婦女四時均著鞾，或裌或棉，圓口木底，幫深於鞋，非男子鞾式也。女僕挽髻於頂者曰高鬟，挽髻於後者，有花鬟，有平山套。惟楊村人之髻與高鬟稍异，曰楊村頭。今則多梳圓頭、麻花頭兩種。女僕從前以楊村人最多，近因交通方便，各縣及他省之人亦皆有之。

估衣叫賣

力竭聲嘶叫賣鞋，零縑碎錦擺當街。估衣喝亦分傳授，長短高低莊與諧。

東興市場小鞋鋪呼號叫賣，兩手各持鞋一支，力拍其底，作拍拍聲，以示其鞋底堅韌，惟其聲狀俱極可憎。東北馬路有臨時擺攤賣零碎綢緞者，每撿一塊，聲言該價若干。又估衣街之喝估衣者，聲音宏亮，大有其人在。至東北馬路之估衣鋪，其喝法不同，因各有傳授也。

人造絲

衣裳花樣炫新奇，上當無如人造絲。商賈不知亡國耻，綢名印度布高麗。

我國産絲，所有絲製品均極美觀適用。近發明人造絲一種，實係麻質，用機器軋壓，花樣鮮明，電光奪目，或名紗，或名葛，或名綢緞，價較純絲品爲廉，而昂於布類。著身即破，破且成片。北語被紿曰：「上當！」印度綢、高麗布，均最時興之品。

商家減價放盤

華燈絢彩紀周年，報紙登刊廣告傳。此種便宜貪不得，明書減價暗加錢。

商家時有減價放盤之事。

印子錢

可憐剜肉自醫瘡，印子錢須日日償。無怪登門盡窮鬼，始知放帳是閻王。

印子錢者，如借十元或八元，分一百日清還，每日還洋一角二分或一角不等；放錢者持摺索取，還訖蓋以印訖，如遇陰雨，翌日補足。俗呼重利盤剥、滾疊折算者，爲放閻王帳。

鹽業

舊家半是業鹹鹺，外店標來即下坨。屈指行期催起運，菜秋將至醬鹽過。

津夙産鹽，舊家多辦鹽務。引地之所在地曰「外店」，在津辦事處曰「津店」。由外店匯來之款曰「標」，積鹽之地曰「鹽坨」，堆積鹽包曰「鹽碼」。用席麻打鹽成包曰「做鹽」，監視做鹽曰「下坨」，掣驗之後運鹽起程曰「長行」。醬鹽在五六月間，菜秋在九十月間，爲銷鹽最暢旺時也。

長蘆鹽業

行鹽疲敝嘆長蘆，船運維艱車也無。租業兩商齊叫苦，纔完國課又捐輸。

天津在唐時屬長蘆縣。清設長蘆巡鹽御史於京師，康熙二年始移駐來津，名曰「蘆綱」。鹽商夙獲厚利，近因時局不靖，運鹽維艱，捐輸日重，都疲累不堪矣。

天津鈔關

百貨分徵責任專，大關缺底化雲烟。更聞番舶争輸運，營業蕭條養海船。

天津鈔關人稱「大關」，在北門外北大關。地方徵收水陸出入貨物税銀，當書辦者，均有缺底，五年輪值一次，平日奢侈無度，悉於值年時取償，弊病極深，故當大關差者無不闊綽。又養海船專跑錦州、牛莊一常，一年四次，獲利甚厚。自有海關輪船，以上兩項遂均無形破産。

書院

書院俱停國學衰，且尋墜緒勉扶持。不惟吏治資研究，存社徵文復課詩。

津舊有問津書院在城內南大街，三取書院在河東，輔仁書院在文昌宫，會文書院在城內倉廒街，早經停廢。本年省當局立課吏館，并籌款補助存社徵文奬金。

花圈花籃

松枝慘緑綴花圈，絢爛花籃貢綵筵。獨爲尋芳痛摧折，豈徒無用惜金錢。

近來喪事時有送鮮花花圈者，喜慶各事及歡迎優伶亦時有以花籃爲贈者。

金鋼橋

重建金鋼新鐵橋，香烟高處畫商標。若非輿論時攻擊，廣告誰能立取消。

河北之金鋼橋舊名「新鐵橋」，蓋初建時尚有大胡同南首之金華橋在也。前年重建，需費數十萬金，本年始落成。橋甚閎麗，兩端高處畫有哈大門香烟商標，後因輿論攻擊有失觀瞻，遂復除去，改書「金鋼橋」三字。

禁烟

功令皇皇禁寓徵，莫云化外便開燈。邇來幾破烟霞窟，半在岑樓更上層。

我國禁烟已非一日，而租界販運售吸均不能免。本年當局又遍設禁烟局，發給牌照，而租界中反行嚴禁，屢破獲大案。

白丸

骨凡欲换有金丹，痼疾終身戒更難。不願害人惟利己，販夫多已面團團。

金丹即白丸，其害較鴉片、嗎啡爲尤烈，販者利亦極厚。有某販已在租界中廣置樓房，居然成富家翁矣。

捲烟

捲烟普及甚洋烟，耗費金錢莫大焉。一自特捐加吸户，華商銷售不如前。

自設立捲烟吸户特捐，政令不行於租界。吸户圖賤，往往特至租界中購買，華界烟商銷路鋭減，然亦偶有稽查查獲受罰者。

機關舊名

機關屢改舊名存，攬得鄉人頭腦昏。省票須尋銀號兑，天津縣似兩衙門。

官銀號改直隸省銀行已十餘年，而仍以官銀號呼之。又天津縣移居府署亦非一日，而圍城電車票仍有天津縣公署、天津縣衙門之目。

經紀

跑合人多交涉才，説成買賣用錢開。時亨若得剛巴斗，幾載光陰抖起來。

凡銀錢及各行貨物之經紀，俗稱「跑合」。洋行、銀行等之交易媒介，西人謂之剛巴斗（譯音），俗稱買辦。抖起來，係時行之諺語，得意之謂，或亦陡起之意。

飯店

旅館寬宏設備完，食堂雅静附西餐。十元頭等房間美，闊綽洵稱大老官。

近來各飯店規模宏大，設備完全。

新園

坐位區分幾等盆，新園更勝老新園。清幽記否藤蘿架，一架圖書一扇門。

從前浴堂以紫竹林新園盆湯爲最佳，内分客盆、官盆、官雅盆三等，房間雅潔。爲孫姓所開，孫通西語，兼能操吴音，慷慨好友，每日客爲之滿。現在日租界旭街三新公司之新園，生意亦好。又三十年前竹竿巷西，有藤蘿架浴堂，樓座清静。其屋角陳書架二，縹湘堆積，外罩玻璃，近視之，皆以紙條砌釘，綾絹包角，并非真書，一架作間壁，其一架乃門也。

玉清池華清池

複閣重樓冬夏宜，華清名艷玉清池。温泉可似唐宫滑，神往楊妃出浴時。

玉清池在南市，華清池在法租界。

喜浴者

盤銘恒誦曰新章，日日晨興赴浴塘。祇惜光陰半虚擲，瞢騰一枕黑甜鄉。

津人有喜浴者，日必一次，夏日則二三次不等。又喜在浴室酣睡，大好光陰半擲於此。

剃髮修脚匠

雅號空憐待詔聞，奏刀侍立意殷勤。却輸足下工夫好，每日居然坐對君。

剃髮匠有待詔之稱，不知昉自何時，於義何取。修脚匠所坐之物俗呼「對君坐」。

商場

大開商城闢商場，北海樓仍勝北洋。德慶新張南市冷，泰康建築抵天祥。

北海樓及天津北津各商場在北馬路，德慶在日租界旭街，天祥、泰康在法租界，南市在三不管。此外，東安、東南各商場，均甚冷落。又有東興商場，在南市西南，俱係攤床小販并售賣食品者，如北京天橋之野市場然。

戲園

舞臺歌舞日喧闐，四大名園已不全。偶約新明觀劇去，買車猶説下天仙。

天津舊有戲園四：慶芳園在襪子胡同，金聲園在古樓北，協盛園在侯家後，襲勝園在北大關。或改建，或停演，已非當年之熱鬧矣。日租界新明大劇院爲下天仙舊址。

票友

清唱能嫻便彩排，始圖高樂繼招徠。偶然下海君休笑，世界無非一戲臺。

票房票友坐唱者謂之「清唱」，穿行頭謂之「彩排」。由票友搭班唱戲者謂之「下海」。

名伶

内廷供奉幾伶人，高引歌喉罕比倫。莫嘆汪譚成絶響，白頭猶在老鄉親。

老伶孫菊仙，津人，好施與，有古俠士風，現已八十餘歲，均呼爲「老鄉親」。汪謂汪桂芳，即大頭；譚謂譚鑫培，即叫天。

天仙茶園

河東戲館説天仙，夜半歸來月色妍。猶是朱家墳地界，行人不怕鬼來纏。

河東舊極荒僻，有朱楊兩家墳地，時出鬼魅，傍晚即無人敢往，故有「朱家墳，楊家墳，没了日，就拉人」之謡。現東天仙茶園，即朱家墳舊界也。

外江派

戲派年來尚外江，行頭砌末號無雙。連臺新劇多荒誕，休要苛求字調腔。

非北京科班出身，則爲外江派。衣服、盔頭等類曰「行頭」，出場應有特設零雜等物，曰「砌末」。新排本戲，怪誕不經者居多。

伶人

迷離撲朔誤雌雄，何物名稱褻相公。近日人心重生女，坤伶都比藝員紅。

從前，雛伶謂之「相公」，即「像姑」之訛音。近日優伶，動稱「藝員」。

雜耍館子

北洋茶社座常盈，燕樂昇平近會英。熱鬧首稱新世界，壓場新戲半文明。

燕樂昇平茶園開設最早，内有鼓詞、快書、相聲、雙簧及文武戲法等雜技，俗呼爲「雜耍館子」。近日商場内亦附雜技，如北洋茶社之於北洋商場，會英之於德慶，新世界之於天祥也。新世界末場有一齣新戲，説白、排場均襲舊戲規矩，更雜以皮簧，較之學校中所演新劇相去遠甚。

子弟書

漫誇石韵近無雙，曲本群推韓小艘。遣興人來甘露寺，始知衛調别京腔。

京子弟書爲石玉昆所創，後稱「石韵」。天津子弟書爲韓小艘所編，稱「衛子弟」。近年學界每星期上午在甘露寺學校内説書消遣。

單弦八角鼓

字正腔圓調自然，鼓彈八角配單絃。再來德壽山猶健，青出於藍常澍田。

單弦八角鼓，即雜牌子曲，德壽山最佳，且能編撰曲詞。常，其高足也。

玉二福閻德山相聲

二福德山名一時，相聲今貴改良詞。莊諧雅俗俱臻妙，高玉峰同謝瑞芝。

玉二福及閻德山相聲詼諧備至，一時頗享盛名，近則稱高、謝矣。一人説相聲曰「單口」，二人曰「對口」，傍立者爲正角。

萬人迷張麻子相聲

今年又弱萬人迷，擇吉登場豈滑稽。想是張麻思舊侶，相邀堂會赴泥犁。

萬人迷、張麻子對口相聲最爲解頤，數年前張死。一日，萬人迷登場開口云「昨晚忽到陰司，見酆都之茶樓、戲園，其熱鬧不減於天津。及至雜技館子，適張麻子正説相聲，又見貼有紅紙大報一張，用泥金大書『萬人迷』三字。自念并未曾死，何以陰司有己名字，方驚疑間，近細看，名下尚有『擇吉登場』四小字」云云。舉座爲之絶倒，本年萬人迷竟死矣。

鼓詞藝人

曲中詞意貴神傳，鼓界於今首寶全。無限人才零落感，胡十宋五説當年。

胡十、宋五均昔年之善説鼓詞者，現稱劉寶全爲鼓界大王。十，平聲，如時。

大鼓書

檀板輕敲鼓套停，滑稽詞句耐人聽。俗言勸世心良苦，或是當年柳敬亭。

大鼓書詞，上場時先敲一套，謂之「鼓套」。滑稽大鼓語多動聽。

雙簧

隨聲作勢演雙簧，猶憶皮韓藝擅長。可嘆二姚貴喬梓，登臺笑駡變倫常。

雙簧以二人爲之，一人在前作勢，一人在後説唱，音節形勢均極合拍。皮恩榮、韓恒斌演唱最爲整齊。又有姚文彬、少彬父子亦可觀。韓已故，現以李德祥配之。

單絃拉戲

巧變絲弦交口稱，笑然拉戲更難能。一絃一柱宫商協，地下應驚李萬興。

昔有瞽昔李萬興，能以三絃彈各種詞曲及軍樂等類，謂之巧變絲絃，一時稱爲絶技。近來單絃拉戲者亦不乏人，惟笑然居士則與他有别。其樂器製似胡琴，中僅一弦，右手持一竹箸以按宫商，左手用竹弓張馬尾拉之以發聲，能學皮簧各劇，無不畢肖。所有戲中鼓板、月琴、鑼鼓、喇叭各音亦無不備，合目聽之，如身坐舞臺前也。笑然并工揪戲，用長方式木板一，長約二尺餘，中一洞，蒙以蛇皮，上安一絃，無柱，右手揪之，左手拉之，亦成音調，惟不常奏。

魔術

魔術韓王妙絶倫，舊時戲法亦翻新。寶清老矣雙全死，後起猶欣有繼人。

韓敬文魔術甚妙，王福林亦有可觀。羅雙全、張寶清戲法最著名。現羅之子文濤與劉文治等爲後進之才。

蹦蹦戲

嘲哲嘔啞是鄭聲，坤伶金順盡知名。俚詞類似灤州影，老嫗聽來也動情。

蹦蹦戲説白，以唐山口音爲正當，猶之乎二簧之學湖廣音，梆子腔之講究西口也。女伶李金順頗有名於時。灤州影戲，詞句亦極鄙俚。蹦，去聲。

楊耐梅

三日新人銀幕開，現身歌舞又登臺。電燈斗大花枝繞，道路轟傳楊耐梅。

新人電影院，楊耐梅來演，三日即去京。楊并工粤曲。

跳舞

婆娑蹈舞夜登場，一曲薰風送汗香。座有鄉人恍然悟，原來蹦蹦出西洋。

近來飯店時有跳舞，有人呼爲「洋蹦蹦」。

蓮花落

慶雲權樂繼群英，同慶中華早著名。落子園應推獨步，敢驕上海薄京城。

落子即唱蓮花落者，其始寄迹於茶園酒肆，無异流娼。後即開設茶園，并將妓館附居園之左右，書名部落，如中華部、同慶部等是。慶雲、權樂、群英、中華、同慶均落子園名，惟中華、同慶開設最早。京、滬及各省會商埠均無此游戲場，故初來津者無不以先睹爲快，然實亦天津娱樂場中之一污點也。

中華茶園歌妓

絶無僅有鐵皮車，緩載雙雙姊妹花。且喜新張值元旦，猩紅衫子上中華。

本地洋車均係膠皮輪，惟中華茶園猶用鐵輪車一輛，接送唱手。每届元旦各園開市，唱手衣服均著紅色。歌妓曰「唱手」。

蓮花落開場

拉架先開拾不閑，登場雛妓聳雲鬟。欄干兩面都憑遍，爲使人人見玉顔。

落子園臺正面中設一桌，上有木架懸鑼鼓數事。開場時，一人敲各樂器，口念歌詞，謂之「拾不閑」。開場謂之「拉架子」。歌者則雛妓先來，名妓後至。臺左右列長椅，二妓來兩面分坐，時左時右，以待依次度曲。

蓮花落之皮靴

人來選色且徵歌，燕瘦環肥鬥綺羅。欲識枇杷門巷處，芳名注意聽皮靴。

每歌妓上場之先，有男伴二人出面打諢，預報歌者之名，并所唱之曲。此二人俗呼爲「皮靴」。

落子園點曲

撮活先將摺扇留，捧人不惜錦纏頭。滿臺隨便歌方始，玉臂雙攜已下樓。

落子園點曲，由皮靴持摺扇送閱。扇係素紙，上書曲名。點曲或四或六，再多者亦有。每點一曲，皮靴必高聲呼有題目，并報某妓唱某曲。第一曲必爲所識之妓先唱，唱畢即入包箱内周旋。其餘以各妓列之先後爲序，未必點滿臺，隨便以免向隅。此曲未終，點曲人即攜所識妓先去。賞錢無定例。點曲，俗謂之「撮活」。

叫邪好

臺下偏充顧曲家，擾人清聽盡讙嘩。幫腔喝采聲何似，暑夜飢蚊雨後蛙。

茶樓戲館中有一等人隨臺所唱哼哼低和。又有一種人怪聲喝采，謂之「叫邪好」。警局出示禁止，亦無效。

南市三不管

花妍月媚六街春，部落區分姓字新。自築香巢三不管，侯家後漸少游人。

三不管即南市，從前妓館在侯家後。

天寶妓館

天寶笙歌夜復晨，高車駟馬動香塵。李媽呼小何曾小，大腹彭亨發似銀。

東天寶、西天寶，爲妓館之最年久者，小李媽所開。

小班

漁家樂與打蓮香，姿態輕盈調抑揚。試看紅氍毹上舞，何如飛燕倚新妝。

妓館之佳者曰「小班」，又名「擋子班」，所唱曰「擋調」。漁家樂、打蓮香，皆擋調中最好之曲。

打茶圍

游春子夜懶言歸，獵色何妨再打圍。烟捲一枝茶一盞，一元大武翼而飛。

中等妓館茶資率皆洋銀一元。茶敘謂之「打茶圍」，惟新相識者不便久坐。

打蓮臺

風流孽債幾生該，牌局纔完飯局開。作鬼寧甘花下死，鞠躬盡瘁打蓮臺。

連日宿妓，俗謂之「打蓮臺」。

熱客

千金拼得買春宵，夢裏猶思貯阿嬌。那意所歡似冰桶，十分狂熱霎時消。

妓所戀之客曰「熱客」，妓之不善應酬或招待冷淡者謂之「冰桶」。

坐鐘

綺席華燈照玉容，可兒情比酒還濃。敢勞一奏梅花調，免被人嘲喚坐鐘。

妓中不會唱者，謂之「坐鐘」。梅花調，鼓詞中之一種。

東方羅蘭

風塵身世述勾欄，血泪書哀遍報端。忽見南方花傑出，東方不復見羅蘭。

本年有妓名東方羅蘭者，自稱爲新聞記者李某之女，自撰血書遍登各報，請求援救。李已故去，經李之友人查係僞冒，登報聲明，東方羅蘭遂改名爲「南方花傑」矣。

桃源境

境闢桃源耳目新，嘉名錫自有心人。料知游子迷多少，都爲漁郎來問洋。

妓館有名桃源境者。

打糠燈

徐娘已老取人憎，門口張羅屋似冰。連日水牌未開筆，客來偏遇打糠燈。

妓館各妓每日茶客若干、條子幾處，均於水牌上記之。游客并無誠意選妓，稍坐即去者，謂之「打糠燈」。

落馬湖

落馬湖邊花下門，鞭絲不見走王孫。可憐老大迎風月，紅葉村連翠柏村。

落馬湖在北大關東北，紅葉村、翠柏村在南市，皆最下等娼寮。

馬家樓

奇裝妖服仿西歐，賣笑門前半晌留。疑是來游羅刹國，問名始識馬家樓。

天津商場後，馬家樓一帶土娼，專接外國人者。

四面鐘

四面鐘旁車馬喧，天安里外月黃昏。嫣紅姹紫花如海，半掩春風一扇門。

日租界四面鐘後及福島街之天安里，暗娼甚多，俗呼「暗門子」，或「半掩門」。

跑合

薄醉歸來獨夜行，花明柳暗巷縱橫。厭人蜂蝶争媒介，謬説新來女學生。

有暗娼之處，每當夕陽西下，各巷口有多人鵠立，見來往行人輒尾隨低語，不曰「某處住家清静可逛」，則曰「某處有女學生何妨前往茶叙」，絮絮煩煩，厭人聞聽。此種人亦謂之「跑合」，又謂之「皮條縴」。

貼秧子

看睹幫嫖善揣摩，呼朋引伴滿張羅。憐渠裘馬輕肥者，兩字頭銜冠小哥。

有一等游手好閑之人，專引誘青年狂嫖浪賭，藉以霑潤。并有設局騙財者，謂之「貼秧子」，又名「吃小哥」。

慷慨

性情慷慨樂捐輸，甚至虛名亦願沽。最喜人前翹巨擘，親朋争道不含糊。

人多慷慨，樂善好施。

途中相遇

自有囊中沽酒錢，相逢笑問各欣然。招邀事事都言弄，小館茶園戲一天。

熟人相遇，途中必首問將何之，次問帶錢未。此則作探囊傾助之勢，彼亦以囊中自有示之，一笑各去。其不嘗會晤者，必面約曰：某天弄一頓小館，或弄一天戲，或弄一個園，以周旋之。

親友尊稱

媳稱爲嬸女稱姑，阿叔緣何伯是呼。更見街前逢故友，爺聲未了各分途。

尊長呼子侄之婦，行幾爲幾嬸，呼幾女爲幾姑，亦間有呼叔爲伯伯者。又甲乙途遇，如甲稱乙爲某爺或幾爺，乙亦必連爺爺爺相答，以表示不敢當尊稱之意。

言語

口若懸河意氣揚，跟頭隨處要堤防。一班交際真如戲，㪍板還須講過場。

津人能談，北方有「京油子，衛嘴子」之諺。言語中肯曰「㪍板」，過節周到曰「講過場」。言而失信，辦事失敗，或被人面辱，或争訟不直，均謂之「摘跟頭」，摘讀如栽。

結語

詩本天成偶得之，興來信手寫徘詞。應嗤文句風流甚，不唱蓮花唱竹枝。

後記

點讀過馮文洵的《紫簫聲館詩存》全部詩作，心中所感，恐怕只有顧羨季先生一句「讀罷新詩悲欲絶，三千里外，烏龍江上，一片荒寒月」最爲恰當了。

而標點、整理《丙寅天津竹枝詞》時，讀着馮文洵詩中曾咏八里臺之海棠，不由得使筆者念起自己十幾歲的少年歲月，每年春三四月間，在南開園中，伯苓樓下，瑞廷禮堂前，海棠花海中求學的日子，縱然海棠花放七八日，必隨一夜風雨而盡落滿地，但却是最讓人難以忘懷的景色。

塞外的風光是整理者未曾領略的，却在馮文洵的詩中感受到了其時其景，更從中品讀出了那個時代的氣息，動蕩不安與男兒壯志的交錯激蕩，都藴含在一字一句之中。

筆者有緣經由天津古籍出版社的唐艦老師介紹，結識了津門文史專家王振良先生，纔有了整理本書的機緣，蒙王振良老師提供本書底本的復印件，并將此整理標點本收入本叢書中。筆者年紀尚輕，經驗不足，唐艦老師又爲筆者提供了莫大的幫助與指導。筆者一直都以未能見到一套津門文人文集的叢書爲遺憾，得知本叢書計劃的第一刻起，便爲之欣喜不已。有幸爲這一事業添磚加瓦，是筆者莫大的榮幸。在此對爲本書出版提供幫助的各位前輩老師再次表示感謝。筆者學力尚淺，整理標點之中，多有錯漏，還望本書的各位讀者批評指正。

二〇一七年六月

《問津文庫》已出書目（總計六十七種另三種）

◎天津記憶

沽帆遠影　劉景周著　五九圓
荏苒芳華：洋樓背後的故事　王振良著　四九圓
津門書肆記　雷夢辰原著／曹式哲整理　四九圓
故紙温暖：老天津的廣告　由國慶著　二八圓
沽上文譚　章用秀著　三八圓
百年留踪：解放橋的前世今生　方博著　三九圓
南市滄桑　林學奇著　七九圓
津沽漫記：日本人筆下的天津　萬魯建編譯　三九圓
憶弢盦：來新夏先生紀念文集　焦静宜編　九二圓
與山河同在：天津抗日殺奸團回憶録　閻伯群編　三八圓
楮墨留芳：天津文化名人檔案　周利成著　三〇圓

布衣大師：允文允武的藝術名家閻道生　閻伯群著　三〇圓
口述津沽：民間語境下的堤頭與鈴鐺閣　張建著　二八圓
大地史書：地質史上的天津　侯福志著　二九圓
丹青碎影：嚴智開與天津市立美術館　齊珏編著　二八圓
立憲領袖：孫洪伊其人其事　葛培林著　三〇圓
津門開歲：徐天瑞日記解讀　王勇則著　五八圓
水産教育家張元第　張紹祖編著　三六圓
八年夢魇：抗戰時期天津人的生活　郭文杰著　二八圓
沽文化詮真　尹樹鵬著　四八圓
圈外談藝録　姜維群著　三八圓
記憶的碎片：津沽文化研究的雜述與瑣思　王振良著　三八圓
水産教育家張元第集　張紹祖編　五八圓
應得的榮譽：女醫生里昂羅拉・霍華德・金的故事
［加］瑪格麗特著／胡妍譯　三八圓

◎通俗文學研究集刊

望雲談屑　張元卿著　三九圓
還珠樓主前傳　倪斯霆著　三八圓
品報學叢·第一輯　張元卿、顧臻編　三八圓
云雲編：劉雲若研究論叢　張元卿編　三八圓
品報學叢·第二輯　張元卿、顧臻編　三二圓
劉雲若評傳　張元卿著　三二圓
鄭證因小說經眼錄　胡立生著　七八圓
品報學叢·第三輯　張元卿、顧臻編　四八圓
劉雲若傳論　管淑珍著　四八圓

◎三津譚往

三津譚往·二〇一三　王振良主編　三九圓
三津譚往·二〇一四　萬魯建編　三九圓
三津譚往·二〇一五　孫愛霞編　四八圓

三津譚往·二〇一六　孫愛霞編　五八圓

◎**九河尋真**

九河尋真·二〇一三　王振良主編　五九圓
九河尋真·二〇一四　萬魯建編　五九圓
九河尋真·二〇一五　萬魯建編　八八圓
九河尋真·二〇一六　萬魯建編　九八圓

◎**津沽文化研究集刊**

《雷雨》八十年　耿發起等編　五五圓
陳誦洛年譜　張元卿著　四八圓
碧血英魂：天津市忠烈祠抗日烈士研究　王勇則著　九八圓
都市鏡像：近代日本文學的天津書寫　李煒著　三八圓
天津楹聯述略　李志剛著　三六圓
口述津沽：民間語境下的西沽　張建著　五六圓

口述津沽：民間語境下的西于莊　張建著　一〇八圓
紫芥掇實：水西莊查氏家族文化研究　葉修成著　五八圓
蘆砂雅韻：長蘆鹽業與天津文化　高鵬著　五八圓
王南村年譜　宋健著　七八圓

◎**津沽名家詩文叢刊**

王南村集　王煐原著／宋健整理　六八圓
嚴範孫先生古近體詩存稿　嚴修原著／楊傳慶整理　四八圓
星橋詩存　蘇之鑾原著／曲振明整理　五八圓
退思齋詩文存　陳寶泉原著／鄭偉整理　八八圓
待起樓詩稿　劉雲若原著／張元卿輯注　四二圓
劉大同詩集　劉建封原著／劉自力、曲振明整理　八八圓
碧琅玕館詩鈔　楊光儀原著／趙鍵整理　五八圓
石雪齋詩稿（附遂園印稿）　徐宗浩原著／張金聲整理　六八圓
紫簫聲館詩存　丙寅天津竹枝詞　馮文洵原著／楊鵬整理　八八圓

◎津沽筆記史料叢刊

嚴修日記（一八七六—一八九四）　嚴修原著/陳鑫整理　一三八圓

桑梓紀聞　馬鴻翱原著/侯福志整理　四二圓

天津縣鄉土志輯略　郭登浩編　九八圓

嚴修日記（一八九四—一八九八）　嚴修原著/陳鑫整理　一二八圓

周武壯公遺書　周盛傳原著/劉景周整理　一二八圓

天后宮行會圖校注　高惠军、陈克整理　一二八圓

◎名人與天津

李叔同與天津　金梅編　六八圓

◎隨藝生活

方寸雲香：藏書票裏的書故事　李雲飛編　九八圓

問津書韻：第十三届全國讀書年會文集　杜魚編　七八圓

開卷二〇〇期　董寧文、董國和、周建新編　一六八圓